나는 은둔형외톨이 엄마입니다

나는 은둔형외톨이 엄마입니다

한국은둔형외톨이부모협회 지음

고통의 시간에 다시 따스한 햇빛이 들다

도서출판
수류화개

추천사

자녀를 위해 자신이 먼저 행복한 사람

 자녀를 위해 스스로 치유자가 되기 위한 힘찬 여정 속에 담긴 부모님들의 고백이 책 안에 담겼습니다. 자녀를 위해 자신이 먼저 행복한 사람이 되어야 변화의 힘이 생길 수 있다는 부모님들의 이야기 속에서 우리는 새로운 통찰을 얻습니다.

 응원과 격려가 더 필요한 부모님들의 마음이 담긴 이 책은 부모, 치료자, 그리고 은둔하는 청년들에게도 마음이 서로 연결될 수 있도록 돕는 중요한 지침서이자 마음과 모습을 비추어보는 거울이 될 것임에 틀림없습니다. 용기를 잃지 않고 치유자로 거듭나고 있는 부모님들을 성원합니다.

– 김현수 교수

(명지병원 정신건강의학과 임상교수, 성장학교 별 교장)

기막힌 고통의 시간을 풀어낸 책

　자녀의 은둔과 고립, 아픔을 공유한 어머니들의 글이 모아졌습니다. 나를 개방하는 것에 대한 주저함, 말로 표현하는 것의 한계, 희망과 절망 사이를 오가는 고단함, 그러면서 분명해지는 한 존재로서의 자녀에 대한 사랑……. 이 모든 생각과 감정들이 한 땀 한 땀 글로 엮어졌습니다.

　이들은 어머니이기 이전에 소중한 딸, 언니, 동생, 친구, 연인이었습니다. 하지만 그 빛나던 시절을 까맣게 잊을 정도로 자녀의 어려움과 씨름하며 눈물의 시간을 보내셨을 겁니다. 자녀의 은둔과 고립은 부모를 '죄인'으로 살아가도록 만듭니다.

　자녀는 부모를 그렇게 만들기 위해 '일부러' 은둔하는 것은 아니지만, 자신의 고통이 너무 커서 부모의 아픔에는 눈과 귀를 열지 못합니다. 이 기막힌 고통의 시간을 풀어낸 이 책이, 홀로 자녀의 은둔 고립 문제와 씨름하는 많은 부모님들께 희망과 위로가 되길 바랍니다.

－ 김혜원 교수
(호서대 청소년문화상담학과 교수, (사)파이나다운청년들 이사장)

위로와 변화의 바람이 되길......

　5년의 은둔. 모든 것을 포기하고 싶을 때 내가 도움을 요청한 사람
은 아이러니하게도 고립 기간 내내 연락을 피한 엄마였다. 그럴 수 있
었던 것은 엄마가 더 이상 불안하고 건강하지 않고 행복하지 못한 엄
마가 아니라, 60대에 복근도 만들고 엄마의 삶도 돌보며 언제든 내가
도움을 요청하면 무섭지 않게 들어줄 것 같은 멋진 엄마가 되어 있었
기 때문이다.
　그 과정이 엄마에게도 지난했을 것이다. 이 책이 불안한 누군가에게
위로와 변화의 바람이 되길 바라본다.

－ 유승규 대표
(안무서운회사 대표, 은둔고수)

진정한 나 자신을 찾는 여행

　부모가 성장하던 시기에는 청년시기가 되면 직장생활을 하고 새로운 가정을 이루는 것을 기본적인 과정으로 바라보았다. 이런 사고가 새로운 세기에 접어들면서 결혼을 거부하는 사람, 결혼을 해도 자녀를 낳지 않은 딩크족처럼 새로운 가치를 추구하는 등 매우 다양한 가치관이 형성되었다. 이 시대는 가치관이나 생활양식이 다양하면서도 개인적인 형태로 나타나고 있다.

　'나는 은둔형외톨이 엄마입니다.'는 부모모임과 독서모임과정에서 자신에게 집중하게 되는 과정을 그렸다. 우리 사회는 상대와 나, 나의 자녀, 체면, 이웃의 시선 등을 의식하고 생활하지 않았나 생각해본다. 이 책의 내용은 진정한 나를 찾아가는 과정이라고 할 수 있다.

　부모의 고민, 새로움을 찾아가는 과정, 이겨내야만 하는 것들, 있는 듯 없는 듯 등 세상의 모든 것을 이겨내고 진정한 나 자신을 찾는 여행이 될 것이다. 독자 여러분도 이 책을 통하여 나를 찾는 여행을 떠나보기를 기대한다.

- 오상빈 박사
(광주 동구청소년상담복지센터장)

자녀들의 변화는 대한민국 사회의 변화

현대사회를 살아가는 우리는 변화와 성장을 위한 많은 스트레스를 받고 있습니다. 그러면서 어떤 사람들은 사회의 기준에 맞추어 살아가고 어떤 사람은 그 기준에 맞추지 못해서 힘들어하기도 합니다.

요즘 들어 은둔형외톨이에 대한 사회적 관심이 많이 늘어나고 있지만 현실적인 대책보다는 기존의 정책 서비스를 대상만 바꿔서 대안으로 내놓고 있습니다. 한국은둔형외톨이지원연대 대표로서 그리고 청소년과 청년을 만나는 (사)사람을세우는사람들－더유스 대표로서 한국은둔형외톨이부모협회는 이러한 문제의 당사자이기도 하고 해결하기 위한 가장 중요한 열쇠라는 생각이 듭니다. 집 밖으로 나오기 힘들어하는 은둔형외톨이 자녀를 도울 뿐 아니라 변화시키는 가장 직접적이고 자신들의 변화와 움직임을 통해 자녀들이 변화될 수 있고 자녀들의 변화를 통해 대한민국 사회가 변화될 수 있기 때문입니다.

이번 출판을 통해 한국은둔형외톨이부모협회가 당사자 기관으로서 공신력이 커졌고 더욱 전문성이 높아졌음을 축하드리고 은둔형외톨이 당사자와 부모들에게 정말 귀중한 필독서가 될 것입니다. 다시 한 번 출판을 축하드리며 수고하신 주상희 대표님과 여러 부모님들에게 아낌없는 박수와 응원을 보내드립니다.

－ 김재열 대표
(한국은둔형외톨이지원연대 대표, (사)사람을세우는사람들 대표)

자녀 덕분에 행복해지는 사람들 이야기

글을 읽으면서 자주 울컥하고 가슴이 뭉클해졌습니다. 처음엔 자녀들 때문이라고 생각해 고통을 겪지만, 삶에서 중요한 것은 성취가 아니라 서로의 존재임을 깨닫고, 자녀들 덕분에 행복해지는 사람들 이야기입니다.

이 글들이 얼마나 많은 가족들에게 희망의 등불이 될까요? 많은 부모님들이 처음엔 아이들을 어떻게든 방 밖으로 나오게 하려고 애씁니다. 그런 노력이 대부분 실패하면서 좌절하고 절망합니다.

시간이 흘러 많은 것을 내려놓을 수 있게 된 분들은 큰 깨달음을 얻기도 합니다. 아이들이 살아 있는 것만으로도 얼마나 감사하고, 행복한 일인지. 전에는 물질과 성취에 대한 집착에서 벗어나기 어려웠지만, 이제는 아이들 때문이 아니라 그들 덕분에 삶을 있는 그대로 보고 느낄 수 있다고 말합니다.

진정한 삶을 찾아가는 부모님들의 여정을 응원합니다. 또 다른 많은 가족들의 앞길을 환하게 비춰주는 등대가 될 것입니다

– 박대령 소장
(이아당 심리상담센터 대표)

공감과 위로, 치유를 위한 '진짜 이야기'

은둔형외톨이 뿐만 아니라 아이를 둔 부모라면 꼭 공감과 위로, 치유를 받을 수 있는 '진짜 이야기'들이 담긴 책이 나왔다.

이 책의 부모들이 함께 울고 웃고 배우고 깨닫고 치유되고 가능성을 열어가는 시간을 통해 은둔형외톨이의 문제가 결코 아이만의 문제가 아니라 부모의 내면이 반영된 부모 스스로의 과제였음을 보여준다.

이 책을 통해 공감과 소통에 대해 한층 더 깊이 마음으로 알게 될 것이다.

아이를 가진 모든 부모들이 읽어줬으면 한다.

- 오오쿠사 미노루
(사단법인 씨즈, 고립청년지원팀장)

초대하는 글

한국은둔형외톨이부모협회 대표
주상희

자녀를 키우다 보면 인생에서 뜻하지 않는 사건, 사고들을 만납니다. 몸과 마음이 힘든 자녀들이 점점 늘어나고 있습니다. 여기엔 몇 년씩 방 안에 갇혀 나오지 못하는 자녀도 있습니다. 이런 이유로 자신을 죄인 취급하며 억눌러 살거나 부모들 자신이 무엇을 원하는지 알 수 없는 상태로 살아갑니다.

부모들은 이렇게 하소연합니다.

"그냥 평범하게 자라주었으면 했어요."
"도무지 무엇을 원하지는 알 수가 없어요."
"내가 할 수 있는 게 아무것도 없어요."

나 역시 방안에 갇힌 아들을 보며 안타까운 시간을 보냈습니다. 무작정 손 놓고 기다릴 수만은 없어서 여러 기관을 찾아다니며 도움을 요청하였습니다. 4년 전부터 서울시와 경기도에 시민제안서를 쓰면서부터 지금의 비영리단체를 이끌게 되었습니다.

2020년 1월 11일 '한국은둔형외톨이부모협회'를 설립하고 4년차가 되었습니다. 그동안 여러 차례에 걸친 '부모아카데미'를 진행하였습니다. 지금은 매월 회원들과 함께 부모자조모임, 독서모임을 가지며 자신이 어떤 사람이고, 어떤 상처를 입었고, 어떻게 해야 성장하는 부모가 될 수 있는지 부모 자신을 알아가려 노력하고 있습니다.

작년 11월에 열린 '부모들의 휴먼라이브러리'에서 부모 자신들의 이야기를 발표하면서 조금 더 단단해진 부모들을 보았습니다. 그리고 올 초에는 3개월에 걸친 '글쓰기 치유모임'을 진행하면서 마음이 성장하고 건강해지는 엄마들을 보며 여러 가능성을 느꼈습니다.

그동안 자녀문제에 매몰되어 전체를 보지 못한 부모 자신을 발견하였고, 자신을 위로해 줄 사람이 바로 부모 자신이라는 것을 깨달았습니다. 글쓰기를 통해 서로가 서로에게 지지대가 되어주었고 치유의 시간이 되었습니다. 글쓰기를 통해 부모 자신의 정체성을 찾고 더욱 단단해진 마음을 보게 되어 좋았습니다.

이제 아주 작은 것에 감사하게 되었고 소통을 통해 몸과 마음의 행복감을 찾게 되었습니다. 더디고 멀게만 느껴진 부모의 길에 다시 햇빛이 들기 시작하였습니다.

'엄마가 행복해야 아이도 행복하다.'

이 말의 참 뜻을 다시금 깨닫게 되는 계기가 되었습니다.

여기 실린 글은 글쓰기 치유모임에서 쓴 글들을 모은 것입니다. 서툴고 투박하지만 글을 쓰는 순간은 진심이었습니다. 자녀들을 위해서라도 부모가 행복해야 된다는 생각으로 잃어버린 자신을 찾으려 애쓴 결과물입니다. 미숙하지만 마음으로 봐주시길 바랍니다.

'동굴 안에도 언젠가는 따스한 어둠과 빛이 들어갈 기회가 있을 것이다.'라는 믿음을 갖고 함께 고민하고 길을 찾을 것입니다. 들꽃이 저마다의 색깔과 피는 시기가 다르듯 다양한 개성과 특징을 가진 우리 자녀들이 함께 살아가는 사회를 만들어가고자 합니다.

Part 1

제 자랑 한번 들어보실래요?

Part 2

내 마음이 보이기 시작해요

Part 3

밝고 아름다운 말들을 좋아해요

차례

Part 7

내가 좋아하는 노래에요

Part 8

스치는 느낌을 잡아 글로 옮겨 보아요

저자 소개

김선애

직장생활 25년차, 여전히 자료정리를 잘한다. 나이 60을 맞이하기 위해 만보걷기를 시작했다. 우아한 바리스타를 꿈꾼다. (은둔 6년차)

오수영

글쓰기 강사, 협회에서 독서모임, 글쓰기리더를 한다. 오랫동안 아이들을 가르치고 있다. 사람들과 함께하는 것을 즐기며 서툰 뜨개질이 취미다. (은둔 4년차)

문명자

맨발걷기를 사랑하며 자연의 힘으로 몸과 마음을 치료 중. 인생은 여행과 같다. 집착과 좌절은 하지 않겠다. 은둔을 하며 힘을 모으고 싶다는 생각을 한다. (은둔 7년차)

진연희

생활력 갑, 회사생활 14년, 어학원 강사 3년, 자영업 10년으로 다양한 영역에서 동분서주하고 있다. 심심할 땐 잔다. 심리공부를 위해 대학원 진학을 생각 중이다. (은둔 5년차)

'언제나 길은 있다.'라는 말이 좋다. 서울 둘레길을 걸으며 힐링하는 주부다. 사회복지사를 꿈꾸는 아직 40대. 남편은 집밥을 좋아하지만 난 외식이 좋다. (짬짬이 은둔 2년차)

이열이

책읽기를 좋아한다. 노인돌봄을 하고 나머지 시간은 협회 운영을 맡고 있다. 무작정 떠나기가 특기다. (은둔 13년차)

한아름

회사생활은 3년 했다. 결혼하고 경력단절이 되었다. 지금은 집 근처에서 알바를 하며 다 큰 아이들을 키운다. 사색을 즐기며 쉬는 날은 방바닥에 붙어산다. (은둔 4년차)

유세은

※ 저자 이름은 모두 가명이며 '( )'는 자녀의 은둔 경력입니다.

Part 1

제 자랑 한번
들어보실래요?

결혼을 하면서 남편얘기, 자식얘기만 했어요.
내 얘기는 없더라고요.
그마저도 아이들이 크고 나니 사라졌어요.
엄마인 내 모습을 보니 낯설기만 하네요.
내가 얼마나 용기 있는 사람인지, 좋아하는 게 무엇인지,
무엇을 하고 싶은지 잘 모르겠어요.
나를 잃어버렸어요.

나도 엄마가 되기 전엔 누구의 딸이었고
언니였고 귀염둥이 막내였는데 말이죠.
이젠 엄마로 살면서 잃어버린 내 모습을 찾고 싶어요.
나를 찾아가는 모습이 서툴지만
나에겐 소중한 시간들이잖아요.
나에게도 소중한 것들이 많이 있어요.
가족들 뒤에서 묵묵히 살아낸 시간들 속에
보물처럼 자리한 자랑들이 있어요.
엄마로 살아온 시간들을 지금은 나의 자랑이라 말할래요.

그렇다면 제 자랑 한번 들어보실래요?

나는 멀리서 보면 날씬해 보인다

김선애

* 나는 어떤 상황에서도 잠을 잘 잔다.
* 나는 약속을 잘 지킨다.
* 나는 성실하고 책임감이 강하다.
* 나는 변덕이 심하지 않다.
* 나는 한번 좋아한 사람은 끝까지 좋아한다.
* 나는 화가 나면 말을 하지 않는다.
* 나는 상대방 입장을 이해하려고 노력한다.
* 나는 게으름을 즐길 수 있다.
* 나는 걱정을 말로 표현하지 않는다.
* 나는 눈물을 잘 참는다.
* 나는 튀지 않게 행동한다.
* 나는 사람 이름을 잘 외우고 기억을 잘 한다.
* 나는 실력보다 상 복이 많다.
* 나는 기관장상, 장관상, 국무총리상도 받았다.
* 나는 조직생활을 좋아한다.

* 나는 책임감 있고 신뢰할 수 있는 사람이란 말을 듣는다.
* 나는 현재를 즐겁고 행복하게 산다.
* 나는 가족의 생일, 행사를 잊지 않고 챙긴다.
* 나는 내 과거 사진 속 나를 예뻐한다.
* 나는 팔, 다리가 길어 멀리서 보면 날씬해 보인다.
* 나는 뜨거운 한증막에 있는 것을 좋아한다.
* 나는 산책하는 것을 좋아한다.
* 나는 자전거를 잘 탄다.
* 나는 드립커피를 맛있게 내린다.
* 나는 육포를 잘 만든다.
* 나는 내가 만든 음식을 나누는 것을 좋아한다.
* 나는 길거리에 휴지나 쓰레기를 버리지 않는다.
* 나는 치과 정기검진을 꼭 한다.
* 나는 병원 재진료 방문 날짜를 잘 지킨다.
* 나는 사용해보고 좋은 물건을 지인들에게 추천한다.

1년 동안 침묵하는 아들을 보면서 지독한 놈이라고 생각했다. 독한 놈이라고 생각했다. 실수로라도 말이 튀어나올 것 같은 상황에서도 여전히 침묵하는 아들을 이해하기 힘들었다.

그런데 나에 대해 생각하고 정리하면서 나하고 너무나 많이 닮아 있는 아들의 모습을 보게 되었다. 아들이 말을 하지 않는 것은 화가 나 있었기 때문이다. 힘든 상황을 잘 표현하지 못했고, 힘들고 슬프고, 아플 때도 울지 못했던 것을 알게 되었다.

나와 닮아서 너무 싫었던 아들, 나의 단점을 너무 닮아서 미워했던 아들, 나의 들키고 싶지 않은 감정을 이제는 이해하고 싶다.

나는 아직 머리카락이 검다

오수영

* 나는 다른 사람들의 장점을 잘 알아본다.
* 나는 처음 만난 사람과도 수다를 떨 수 있다.
* 나는 물에 들어가면 얼굴이 예쁘다.
* 나는 내 감정을 잘 알아챈다.
* 나는 단순한 손뜨개질을 좋아한다.
* 나는 아직 이혼 안 하고 살고 있다.
* 나는 우리 집이 하나 있다.
* 나는 나이에 비해 생각이 젊다.
* 나는 긍정적이고 온순한 편이다.
* 나는 부모님이 살아 계시다.
* 나는 책을 좋아해서 매일 읽는다.
* 나는 10년 무사고 운전자다.
* 나는 좋아하는 일을 직업으로 가졌다.
* 나는 친구들과 수다 떠는 것을 좋아한다.
* 나는 글씨 쓰는 것을 좋아한다.

* 나는 살아오면서 운이 좋다.

* 나는 원하는 것을 대부분 이룬다.

* 나는 의, 식, 주를 소박하게 가지고 산다.

* 나는 자연보호를 위해 등산을 안 간다.

* 나는 주변 사람들을 잘 웃긴다.

* 나는 아직 머리카락이 검고 머릿결이 좋다.

* 나는 단순하게 사는 것을 좋아한다.

* 나는 언제든 찾아갈 수 있는 친구들이 있다.

* 나는 진미채를 잘 만든다.

* 나는 여러 종류의 필기구가 있다.

* 나는 공공질서를 잘 지킨다.

* 나는 인간적인 사람들을 좋아한다.

* 나는 작은 모임의 리드를 하고 있다.

* 나는 결혼해서 지금까지 살고 있다.

* 나는 기도하면 잘 이루어진다.

* 나는 자전거를 잘 탄다.

나의 자랑을 적어보니 현재의 내 모습을 보는 것 같다. 언제부턴가 나를 지켜보는 것에 익숙해졌다. 자신을 들여다볼 줄 알아야 남도 볼 수 있는 것 같다. 나 외에 다른 사람을 이해한다는 것은 결국 나를 잘 이해한다는 뜻이다. 특별할 게 없지만 나는 나를 사랑한다. 조금씩 계속 사랑하고 있다. 어릴 때보다 지금이 더 괜찮은 나 같아서 좋다. 지금처럼 늙어가면, 익어간다면 될 거란 생각에 다행스럽다. 그냥 괜찮은 어른이 되고 싶은 거다.

나는 책을 끝까지 읽을 수 있다

문명자

* 사랑스러운 그림을 잘 그려요.
* 화를 안 내고 평온하게 지낼 수 있어요.
* 책을 끝까지 읽을 수 있어요.
* 어려운 상황에서 즐거움을 찾을 줄 알아요.
* 유튜브를 보면서 그대로 요리를 만들 수 있어요.
* 음식을 혼자도 맛있게 먹어요.
* 지도를 보면서 장소를 잘 찾아요.
* 사람들과 어울리는 걸 좋아해요.
* 두려워도 치과에 씩씩하게 잘 가요.
* 아들을 잘 돌볼 수 있어요.
* 시어머니가 나를 좋아해요.
* 모임에 참석을 잘 해요.
* 웃으며 잘 지낼 수 있어요.
* 추워도 바깥 활동을 잘 해요.
* 나는 글을 예쁘게 잘 적어요.

* 나는 상상력이 대단해요.

* 남편의 좋은 점을 알고 있어요.

* 상대의 실패를 지적하지 않을 수 있어요.

* 나는 잠을 잘 잘 수 있어요.

* 나는 조용히 지낼 수도 있어요.

* 나는 불만이 있어도 잘 넘길 수 있어요.

* 나는 남의 이야기를 잘 들어줄 수 있어요.

* 나는 나의 몸을 잘 돌봐요.

* 나는 바른 자세로 앉아요.

* 나는 이웃들과 잘 지내요.

* 나는 일본어도 한국어도 할 수 있어요.

* 나는 57년째 살고 있어요.

* 나는 힘들었던 아버지를 용서할 수 있어요.

* 나는 나의 마음도 잘 돌봐요.

* 나는 나의 좋은 점을 잘 찾을 수 있어요.

* 나는 핸드폰을 사용해서 여러 가지 활용을 잘해요.

* 나는 자전거를 잘 타요.

* 나는 약속을 잘 지켜요.

* 나는 카드뉴스를 잘 만들어요.

마음이 시원하다. 내가 나를 칭찬한다는 게 이렇게 좋은 건지 몰랐다. 내가 나를 인정 못할 것이 뭐가 있겠는가? 나는 열심히 최선을 다해 살아왔잖아. 그래서 괜찮다. 부족해도 실패해도 때때로 즐거운 일이 많았다. 죽지 않고 잘 살아왔다는 게 잘한 거지. 나만 아닐 거야. 다 똑같아.

나는 목소리가 참 좋은 신랑이 있다

진연희

＊ 나는 높고 딱딱한 산보다 엄마 뱃속처럼 편안함이 느껴지는 물이 좋다.

＊ 학창시절 외운 영어단어들을 아직도 기억하고 좋아한다.

＊ 상황이 어려우면 원인을 분석하여 해결책을 잘 찾는다.

＊ 산꼭대기 떠 있는 둥근 달을 좋아한다.

＊ 먹지도 않는 닭볶음을 가족에게 해주고 먹는 모습을 보면 난 착한 사람
  인 것 같아 기분이 좋아진다.

＊ 잘못한 점을 바로 인정하고 미안하다고 솔직하게 사과하는 내가 예쁘다.

＊ 나는 치매 걸린 시어머니와 함께 산다.

＊ 나는 매일 시어머니 치매약을 잘 챙겨드린다.

＊ 내 감정은 무지개색이라 자주 변하지만 좋아한다.

＊ 나는 어학원 영어강사를 해봤다.

＊ 일본에서 직장생활을 해보고 일본인 친구들이 있다.

＊ 나는 여러 가지 직업을 해 보았다.

＊ 나는 카페를 10년째 운영하고 있다.

＊ 나는 감기도 안 걸릴 정도로 건강하다.

＊ 나는 대학원에서 TESOL(국제영어교사)자격증을 땄다.

＊ 나는 다혈질이지만 뒷담화는 하지 않는다.

＊ 나는 성실하고 책임감이 강하다.

＊ 나는 한번 시작한 일은 끝까지한다.

＊ 나는 서예전에서 상을 받았다.

＊ 나는 인간을 조건없이 사랑해주는 강아지를 많이 좋아한다.

＊ 나는 목소리가 참 좋은 신랑이 있다.

＊ 나는 상황 판단이 빠르다.

＊ 나는 영화 보는 것을 좋아한다.

＊ 나는 도서관이나 서점에서 책 읽는 것을 좋아한다.

＊ 나는 힘들 때 기댈 수 있는 친구들이 있다.

＊ 나는 공부하고 배우는 것을 좋아한다.

＊ 나는 새로운 곳에서 경험하고 공유하는 것을 좋아한다.

＊ 멈추어 있지 않고 앞으로 나아가는 것을 좋아한다.

＊ 포기하고 싶을 때도 방법을 찾아보는 긍정성을 가졌다.

＊ 처음 살아보는 인생이라 실수가 많지만 부족한 부분은 배우려 한다.

막상 나에 대해 써놓고 보니 참 아등바등 살아왔단 생각이 들었다. 그 당시는 당연히 그렇게 해야 했던 일들인데 인생에서 내가 한 일들은 결국 선택이었다. 나는 쉼과 여유를 선택하지 않고 항상 채찍질하면서 끊임없이 움직이고 일을 만들며 살아왔다. 이제 나도 나에게 시간을 주고 내가 원하는 것이 무엇인지 진지하게 돌아보는 법도 배워야겠다. 상황에 떠밀리지 말고 내가 상황을 만들어가며 좀 더 스스로에게 관대해지고 여유를 주어야겠다. 이력서에 남길 경력이 아니라 내 마음속에 즐겁고 행복한 보람된 일을 찾는 내가 되고 싶다.

나는 맥주를 시원하게 잘 마신다

이열이

* 나는 사람들 말에 경청을 잘 한다.
* 나는 인사를 큰 소리로 잘 한다.
* 나는 어떤 일이든 까다롭지 않게 잘 해결한다.
* 나는 산과 바다, 자연을 사랑한다.
* 나는 좋은 기운을 느낄 줄 안다.
* 나는 해보고 싶은 일은 도전해 본다.
* 나는 '오늘이 제일 젊다.'라는 좌우명이 있다.
* 나는 얼굴보다 피부가 예쁘다.
* 나는 사회 규범을 잘 지키고 모범적인 생활을 한다.
* 나는 매사에 솔직하다.
* 나는 음식을 맛있게 잘 먹는다.
* 나는 아이쇼핑을 잘 실천해서 알뜰하다.
* 나는 몸의 비율도 좋다.
* 나는 손도 예쁘고 손재주도 많다.
* 나는 이상한 옷도 잘 소화해서 예쁘게 입을 줄 안다.

* 나는 약속을 잘 지킨다.
* 나는 운전을 안전하게 한다.
* 나는 나의 말을 신뢰하는 남편이 있다.
* 나는 무언실천을 중요하게 생각한다.
* 나는 타인의 장점을 먼저 생각한다.
* 나는 패러글라이딩을 해 봤다.
* 나는 무서운 장면도 참고 잘 본다.
* 나는 도움이 필요한 이웃을 도와준다.
* 나는 음식을 함부로 버리지 않는다.
* 나는 키가 커서 눈에 잘 띈다.
* 나는 명필이란 소리를 들었다.
* 나는 싸고 좋은 상품을 잘 구매한다.
* 나는 인내심을 갖고 잘 걷는다.
* 나는 맥주를 시원하게 잘 마신다.
* 나는 자연미인이다.
* 나는 솔직하고 착하다.
* 나는 주변인을 잘 웃게 한다.
* 나는 배려심이 깊고 내면이 따뜻하다.

내가 잘하는 것을 적다보니 '나도 꽤 괜찮은 사람'이란 생각이 든다. 언제 나의 장점을 써보고 생각해 보았는지 모르겠다. 나를 만난 시간이 없었다. 살면서 나의 장점을 보기보다는 단점만 보고 살았던 것 같다. 이제는 괜찮은 나를 사랑하고 칭찬하며 살고 싶다.

나는 볼이 통통해서 좋다

한아름

* 나는 항상 밝게 웃는 모습이 좋다.
* 나는 불광천에 산책 나가는 내가 예쁘다.
* 나는 설렁설렁 사는 내가 좋다.
* 나는 화를 내고도 바로 잊어버린다.
* 나는 항상 큰딸 같다는 칭찬을 듣는다.
* 나는 허벅지가 튼튼하여 잘 걷는다.
* 나는 상대의 감정을 읽는 데 탁월하다.
* 나는 책임감이 강해서 무슨 일이든 끝까지 해낸다.
* 나는 청소를 깔끔하게 잘 한다.
* 나는 화분 관리를 잘 한다.
* 나는 이혼도 해 보았다.
* 나는 감정이 무지개 색깔처럼 많아서 좋다.
* 나는 손톱정리를 참 잘한다.
* 나는 아직 동안이란 소리를 듣는다.
* 나는 볼이 통통해서 좋다.

＊ 나는 약속을 잘 지킨다.

＊ 나는 걷는 걸 좋아한다.

＊ 나는 일본에서 살아보았다.

＊ 나는 산에 오르는 것을 좋아한다.

＊ 나는 일본의 유명한 관광지는 대부분 가 보았다.

＊ 나는 나의 화분에게 인사를 잘한다.

＊ 나는 눈이 펑펑 쏟아지는 거리를 걸어 보았다.

＊ 나는 학창시절 LP판을 가져가서 친구들에게 팝송을 틀어준 적이 있다.

＊ 나는 가늘고 길게 살려고 하는 내가 좋다.

＊ 나는 서울에 집이 있다.

＊ 나는 단체에 대표를 맡아 봉사하고 있다.

＊ 나는 형제자매가 많다.

＊ 나는 일본어를 원어민처럼 잘 한다.

＊ 나는 낯선 곳을 두려워하지 않고 잘 간다.

＊ 나는 우리나라 지리를 잘 안다.

이렇게 많은 자랑을 적으니 '뻥이 심하구나.' 싶기도 하지만 한편으로 어깨가 으쓱해진다. 그동안 자그마한 자랑거리도 겸손이란 미덕으로 감추었다. 자녀들은 부모의 칭찬과 반응에도 자존감이 살아난다고 한다. 셀프 칭찬은 자신을 지키고, 스스로 위로하고, 자기 자신을 믿으며 인생의 역경에 맞서 이겨낼 수 있는 힘이 된다고 한다. 나도 자존감이 올라옴을 느낀다. 참 좋은 방법이다. 스스로에게 칭찬을 해 본다.

'나도 꽤 괜찮은 사람이라고.'

나는 커피를 좋아한다. 그래도 잘 잔다

유세은

* 나는 버럭하지만 뒤끝은 없다.

* 나는 좋지 않은 상황에서도 긍정적인 상황을 찾아낸다.

* 나는 잘 웃고 나쁜 감정을 잘 이겨낸다.

* 나는 변화를 좋아하고 두려워하지 않는다.

* 나는 골목대장처럼 사람들과 어울리는 것을 좋아한다.

* 나는 화장을 하지 않아도 부끄럽지 않다.

* 나는 가족에게 음식을 만들어 주는 것이 즐겁다.

* 나는 다른 사람의 마음을 잘 읽는다.

* 나는 새로운 기능을 잘 익히고 활용을 잘 한다.

* 나는 꾸준하게 일한다.

* 나는 남편과 하루종일 일을 해도 용서를 잘해 준다.

* 나는 초보운전자지만 운전을 즐긴다.

* 나는 목소리가 좋아 미사 때 칭찬을 받는다.

* 나는 곧 나이 60이지만 젊어 보인다.

* 나는 게으름을 즐길 줄 안다.

* 나는 책 읽기를 좋아한다.
* 나는 남편 찬스를 잘 사용해서 편하게 산다.
* 나는 싫증을 안내고 좋아하는 물건은 오래 잘 사용한다.
* 나는 커피를 좋아한다. 그래도 잘 잔다.
* 나는 준비를 잘 한다.
* 나는 아들, 딸들을 잘 키웠다.
* 나는 시어머니를 모시고 살았다.
* 나는 가난해도 있는 것에서 만족감을 느낀다.
* 나는 시간 약속을 잘 지킨다.
* 나는 지금까지 예물반지를 간직하고 있다.
* 나는 걷기를 좋아한다.
* 나는 딸 덕분에 공연을 많이 관람한다.
* 나는 아직까지 큰 병 없이 잘 살고 있다.
* 나는 열심히 산다.
* 나는 양보도 잘 한다.

구겨져 있던 나를 찾아내는 시간이었습니다.

엄마라는 이름으로 살면서 나는 아이가 청소당번으로 칭찬 받을 때, 좋은 결과를 얻을 때, 가고 싶은 학교에 입학할 때, 아이가 활짝 웃을 때가 마치 명품을 걸친 듯 우쭐한 마음이었습니다.

하지만 내가 하고 싶은 일들은 아이들을 우선하며 밀리고 밀려, 구깃구깃 구겨져 있었습니다.

아이들을 업고 살아온 내가 글쓰기를 통해 구겨진 종이를 펴듯 나를 찾아 나서고, 마음에 담아 놓았던 내 이야기를 펼 수 있어서 좋았습니다.

Part 2
내 마음이 보이기 시작해요

잡지책에서 마음에 드는 사진들을 오려 붙였어요.
이것도 마음에 들고 저것도 마음이 들었어요.
가고 싶은 곳도 오리고 갖고 싶은 물건도 오렸지만
다 붙이지는 못했어요.

사진을 고르면서 내 마음이 보이기 시작했어요.
언제나 나보다 가족을 생각하고 있더라고요.
내가 좋아하는 것들만 오렸는데도 붙이고 나니 잘 모르겠어요.
조금은 이상하네요.

내가 누구인지, 나는 어떤 사람인지, 정말 모르겠더라고요.
그래도 이런 사람이 나라니 다행이에요.
내 마음에는 꽃도 있고 바다도 있고
여전히 예쁜 것들이 많이 있으니까요.

삶의 다양한 각도, 시선

김선애

보여지는 것이 전부가 아니다.

편안함과 따스함을 갈망하면서도 내 안에 숨기고 싶은, 보여주고 싶지 않은 것이 많다. 가식적이고 표면적인 행복과 웃음을 지으면서 지금의 내가 원하는 삶이 아닌 것에 대하여 힘들어하고 있는 것 같다.

삶의 다양한 각도를 인정하면서도 인정하고 싶지 않은 불편함이 내재된 나.

'나는 이런 사람입니다.'라고 솔직히 말하지 못하는 나.

난 여전히 내 현실을 거부하고 있고 공허하고 빈 웃음 속에 쓰린 마음을 감추고 웃고 있는 것 같다.

〈시선〉

꾸미지 않은 모습, 단순

오수영

몇 년째 미니멀리즘에 눈길이 간다. 미니멀리스트가 멋있어 보인다. 그들을 보며 신발장을 정리하고 안 입는 옷을 버렸다. 집안 살림을 줄이고 집도 작은 곳으로 옮겼다. 내 능력에 맞는 공간과 물건을 소유하고 싶었다. 내가 버거운 물건들이 곳곳에 많았다. 책꽂이도 줄였다. 다시 읽지 않을 책도 부담스러웠다. 내 공간을 뺏기는 기분이 들었다. 벽은 벽으로 창은 창으로만 보고 싶었다. 꽉 찬 싱크대나 다용도실도 어느 순간 부담이 되었다.

냉장고도 작은 것이 좋다. 식재료를 쌓아두지 않으려고 한다. 배가 고픈 것도 아닌데 자꾸 음식을 저장하는 이유가 없었다. 다 먹지도 못할 음식을 사고 싶지 않다. 텅빈 공간이 좋다. 듬성듬성, 여백이 많은 공간이 좋아졌다. 에너지를 뺏기고 싶지 않은 것 같다. 나는 나로만 있고 싶다. 공간과 사물과 사람들에게 휘둘리지 않고 나 자신을 보며 살고 싶다. 넉넉한 것을 좋아했지만 지금은 작게, 드물게, 소소한 일상이 좋아졌다.

〈단순〉

☆☆☆

산 · 바다 그리고 맑은 공기, 자연

문명자

자연속에 살고 싶다.

내가 먹을 것을 심어서 가꾸고 요리해서 먹는다.

물론 유기농, 밥은 잡곡을 많이 넣어 건강을 지킨다.

산도 있고 바다도 있고 맑은 공기를 들이마시며 아침에 기분 좋게 일어난다.

하루가 길게 느껴지고 시간은 천천히 간다.

밤이 되면 별이 떨어질 만큼 가까이 보인다.

하루하루 자연과 소중히 함께 한다.

나에겐 소중한 것들이 많다는 것을 느낀다.

나는 소중한 사람들이 많다.

살아 있어서 좋다.

고맙다.

〈자연〉

너와 행복한 공간, 부엌

진연희

상큼한 꽃향기 나는 아름답고 따뜻한 공간에서 맛있는 음식을 너와
나누고 싶다.

나는 창을 통해 들어오는 밝은 아침햇살이 좋다.

햇살을 받아 더욱 싱그러운 꽃을 보니 오늘 하루가 왠지 기대된다.

예전에는 눈여겨보지 않았던 도자기들이 유난히 눈에 띈다.

풍성한 식탁을 바라보니 내 마음이 뿌듯하다.

이제 맛있는 음식과 공간이 준비되었다.

내 맘과 몸을 편히 쉬게 하고 싶다.

〈 부엌 〉

노력하는 삶 살기, 바램

이열이

요즘 생각도 많고 하고 싶은 것도 많은 것 같다.

내가 좋아하고 이쁜 건 다 붙였다.

공간이 부족할 정도다.

나는 예쁜 옷, 화려한 악세서리, 건강한 음식, 맑은 하늘과 푸른 자연도 함께하고 싶다.

100이란 숫자가 내 곁에 있으면 좋겠다.

나의 많은 바램이 이대로 끝나지 않고 현실에서도 이루어지길 바란다.

노력하는 삶을 살기로 다짐해본다.

〈 바램 〉

다양한 나의 욕구

한아름

내 안에 내가 너무 많아

초현실주의처럼 추상적인 알록달록한 색깔이 좋다.

지금은 거친 비포장길을 걸어가고 있지만

정겨운 시골집으로 돌아가고 싶다.

커다란 빌리지를 만들어 좋은 사람들과 다 같이 살고 싶다.

어릴 땐 힘과 권력이 있는 남자이고 싶었다.

그러나 어느 순간 어깨 처지고 쓸쓸한 남자들 뒷모습도 눈에 보인다.

이렇게 자신만의 삶을 살아가고 있다.

이제는 조금 느긋하게 살며

토라지고 샐쭉한 어린 나에게도 위로를 전하고 싶다.

키 크고 가시 돋친 선인장처럼 살았던 내가

이제는 무뎌진 가시들도 하나둘 떨어져 나갔다.

〈욕구〉

그냥 즐길 수 있는 여유

유세은

꼴라쥬 작업 후 감상을 발표할 때는 아들에 대한 바램을 말했지만 막상 마무리를 하려다보니 내 모든 욕구였던 것 같다.

산으로, 바다로 놀러다니며 파란 하늘에 구름도 쳐다보고 담길에 핀 꽃들도 보며 자연 속에 평화로운 나를 두고 싶었던 것 같다.

오랫동안 정리되지 않은 집안은 어지러운데 사진 속 서재와 주방은 정돈된 내 생활공간이길 바랐다.

잘 어우러진 비빔밥처럼 맛난 음식을 가족과 두런두런 이야기나누 며 맛있게 먹고도 싶다.

고립된 아들이 많은 사람들과 어울리며 살아가는 모습을 보고 싶은 바램도 마음 한 켠에 남겨 보았다.

세상은 찾아보면 너무도 풍요롭고 그 안에서 충분히 누릴 수 있지만 내 안에는 아직도 많은 것들을 누릴 여유가 없음이 느껴졌다.

다시 작품을 보니 바라지만 말고 움직여야 겠다.

준비~ 시작!!!

〈 그냥 즐겨라! 〉

Part 3
밝고 아름다운 말들을
좋아해요

세상에는 멋진 낱말들이 많이 존재해요.
하지만 우리 주변에서 만나는 낱말들은
평범하고 두루뭉술해요.
그런 낱말들도 하나만 놓고 보면 아주 특별한 의미가 되지요.
하루에도 몇 번씩 말하고 생각하는 낱말 중에서
우리가 아끼는 낱말 속에는 추억과 희망이 담겨 있지요.

오늘은 평범하고 특별한 나만의 밝고 아름다운
낱말들의 세계로 빠져보아요.
내가 얼마나 멋진 사람인지 알게 될 거에요.
흑백사진같은 일상이 화려한 칼라사진으로 변할 테니까요.

내가 간직한 마음의 낱말들을 꺼내 보면서
나를 다시 들여다보는 시간 되어요.

괜찮아, 괜찮아

김선애

반짝반짝, 푸르다, 솜사탕, 웃음, 파랑새, 달콤하다, 보조개, 흐르는 강물, 흰눈, 무지개, 소복소복, 찻잔, 은모래, 팔짱, 새싹, 손수건, 후리지아 향기, 알록달록, 조약돌, 포옹, 토닥토닥, 쓰담쓰담, 장독대, 커피, 보송보송, 뽀드득, 비누거품, 마카롱, 두둥실, 위로, 눈빛, 목소리, 가을바람, 빨간사과, 깔깔대다, 양떼구름, 눈부시다, 신난다, 깡충깡충, 아카시아꽃, 꿀맛, 달빛, 온기, 오솔길, 동백꽃, 한라산, 오색약수터, 녹차밭, 네일아트, 능소화, 선하다, 색동저고리, 엄마의 품, 괜찮아, 하늘을 날다, 기쁘다, 소풍, 기대하다, 양말, 징검다리, 호숫가, 골목길, 벚꽃, 솜털

담장 밑 능소화가 붉고 화려한 자태를 뽐내고 있다.
부드러운 솜털처럼 따스한 여유를 가져본다.
'괜찮아, 괜찮아.' 나를 쓰담쓰담 해주고 싶다.
신나게 깔깔 웃음을 터뜨리고 싶다.

추억과 희망

오수영

사랑해, 포근하다, 노을, 손수건, 곰돌이 인형, 아기 냄새, 낙엽 타는 냄새, 포옹, 조용한 노래, 창가에 든 햇빛, 군고구마, 가족사진, 침대, 물결, 눈 내리는 밤, 졸업사진, 꽃다발, 시, 아침 이슬, 고양이 눈, 맥주 한 잔, 딸의 웃음, 기도하는 모습, 잠든 아기, 아버지 손, 빛바랜 사진, 하늘, 커피향, 양귀비꽃, 은하철도 999, 바바리, 향초, 책방, 다이어리, 손글씨, 라디오, 낙엽 밟는 소리, 산책, 낮잠, 강아지 꼬리, 종소리, 제주도 파도소리, 솜사탕, 아랫목, 드라이브, 산길, 산티아고 순례길, 빗소리, 눈사람, 기차여행, 친구들과의 수다, 잠옷, 책상 위 작은 화분, 비 내리는 가로등, 소파, 영화, 피아노 연주, 미술관, 도자기 그릇, 목도리, 어둑어둑한 공기, 파란 새벽, 봄냄새, 동백꽃, 당근케익, 안부인사, 커피믹스, 생강차, 키다리 아저씨, 발가락, 턴테이블, 흙냄새

내가 좋아하는 낱말은 좋았던 추억과 희망이 섞여 있다. 경험이 짧아서일까? 단순한 것 같다. 아직도 이루지 못한 꿈들이 많은 것 같다. 물건보다 감정들이 남는 것 같다.

좋아하는 낱말들은 어떤 장면을 품고 있는 것 같다. 짧은 시간이지만 미소가 지어진다. 혼자의 시간보다 누군가와 함께 한 시간들에서 건져졌다. 가족과 친구와 자연이 함께 있을 때 기분 좋은 느낌이다.

언제부터인가 좋은 것을 찾기보다 필요하고 해야할 일을 했던 것 같다. 뭔가 당연한 일들을 했음에도 불구하고 텅 빈 마음이 생긴다. 그건 내가 좋아하는 것을 하지 않아서 생긴 구멍이다. 힘든 것도 아닌 작은 것들이다. 그냥 그때그때 좋은 감정을 느끼고 행동하면 될 것을 미루다보니 사라진 것 같다. 잊어버렸다.

하나하나 적다보니 내가 적은 낱말은 과거같다. 이제는 현재와 미래를 생각하며 찾아보고 싶다. 웃음이 나고 신나는 낱말들을 찾아 살아보련다.

생활의 변화

진연희

에메랄드빛 바다, 노랑나비, 보글보글 찌개, 포근한 이불, 커다란 곰인형, 포동포동 강아지, 잡채, 빗방울, 풍경소리, 안개꽃다발, 여행가방, 분주한 공항, 따뜻한 어묵국물, 솜사탕, 아기볼살, 제주도 푸른밤, 조건없는 사랑, 포옹, 연듯빛 버들잎, 하얀 철쭉, 잔잔한 호수, 넷플릭스 영화, 서점, 유토피아, 해질녘 노을, 달맞이, 맹꽁이 소리, 오리, 포비, ×파일, 셜록 홈즈, 괴도 루팡, 탁상시계, 유키코, 아리, 사과쥬스, 유자차, 루이 보스티, 생강차, 귤, 아몬드, 엄마, 날개, 팔베개, 빨간우체통, 조명, 탱탱볼, 달고나 냄새, 폭스바겐, 로즈골드 팔찌, 진주 목걸이, 여행, 스페인, 이웃집 토토르, 야간 열차, 설레임, 오아시스, 북극 오로라, 코스모스, 새싹비빔밥, 어린왕자, 스누피, 찰리 브라운, 아이스크림, 우리 언니, 진심, 후리지아 꽃향기, 김광석, 이소라, 무지개, 애니팡, 느티나무

이렇게 내가 좋아하는 단어들을 나열해 본다. 일상을 벗어나 자유롭게 세상과 만나고 호기심도 채우고 생활에 변화를 주고 싶어진다. 나

도 한때는 세계여행을 꿈꾸고 말은 잘 통하지 않아도 현지에서 유명한 가게들을 돌아다니며 신나게 쇼핑하고 구경하는 것을 좋아했다. 해질 녘 집에 돌아와 느긋하게 영화 한 편 틀어놓고 울고 웃으며 영화 속 주인공의 감정을 느껴보는 것도 좋겠다. 영화가 끝나면 절친과 손잡고 언덕에 올라 환한 달을 보며 미래에 대해 얘기해보고 싶다.

보드랍고 포근하고 말랑한 것

이열이

솜사탕, 무지개, 푸르름, 초콜릿, 함께, 오순도순, 퍼피, 송아지, 새싹, 장갑, 목도리, 눈사람, 씽씽, 힘내자, 파이팅, 가족, 액세서리, 첫눈, 흰도화지, 시간, 새둥지, 햇님, 벗, 잔치, 빛, 어루만지다, 쓰다듬다, 수고했어, 나비, 꿀벌, 옥구슬, 곱다, 보드랍다, 포근포근, 새하얀, 들판, 사탕, 나누다, 자랑스럽다, 하늘을 날다, 단짝, 맛집, 끈기, 파랑새, 햇살, 곰인형, 선인장, 바람, 봄, 노래, 흰구름, 여행, 로또, 오뚝이, 자비, 봉사, 쓰담쓰담, 불금, 희망, 뽀드득 눈 발자국, 자장가

내가 좋아하는 밝은 단어들이다. 적다보니 내가 결핍되어 희망하고 바라는 단어들을 많이 적은 것 같다. 누가 나에게 '잘했다.'는 칭찬이 그리웠던 것 같다. 인정받고 싶어하는 것도 같다.

딱딱함이 아닌 보드랍고 포근하고 말랑한 것, 웃는 나의 모습, 오순도순 함께하는 삶. 내가 쓴 단어처럼 하나하나 이루어 나가자.

나만의 힐링

한아름

사랑, 파랗다, 흐르는 시냇물, 포옹, 꽃다발, 이슬, 물소리, 빛나는 눈송이, 푸른하늘, 종달새, 미루나무, 짱구, 군불 냄새, 피카츄, 빨간머리앤, 달려라 하니, 뭉게구름, 무지개, 푹신푹신한, 사운드 오브 뮤직, 달큰한, 똑딱똑딱 시계소리, 해질녘 교회 종소리, 아침, 엄마, 할머니, 장난끼 많은 오빠, 플라타너스, 코스모스, 해바라기, 밀밭, 별똥별, 밤하늘, 박장대소, 시계탑, 아기고래, 오로라, 하모니카, 에메랄드빛 해변, 폭포, 운무가 낀 지리산, 들꽃, 오갱기 데스카. 눈송이, 포근함, 샴고양이, 아기얼굴

내가 좋아하는 단어들을 골랐는데, 내가 이것을 하고 싶다는 표정이 안 읽혀진다. 내 안에 내가 너무 많은가? 하고 싶은 것과 억압된 것이 많은가? 일관성이 없다. 그냥 쉬고 포근한 눈 밭에서 구르고도 싶고 땀을 뻘뻘 흘리며 눈 덮인 지리산도 오르고 싶다. 포근하게 나를 위한 휴식을 떠나 눈을 구경하고 싶다. 아무튼 활동성 있게 콧바람을 쐬고 싶다. 이게 나만의 힐링이다. 떠나고 싶은 나만의 힐링이 필요하다.

가슴 뻥 뚫리는 일상

유세은

초롱초롱 빛나는, 토닥토닥, 별, 바람, 하늘, 뭉개구름, 소나기, 예쁜 옷, 귀걸이, 우리 딸, 따뜻한 호빵, 커피, 고기, 공연보기, 노래부르기, 초코파이 정, 콩이, 드라이브, 달달한, 새콤한, 연초록, 노랑, 빨강, 졸졸졸, 딩동, 우리집, 가족, 하루하루, 굿모닝, 희망찬, 행복해, 사랑해, 기쁘다, 보고 싶어, 맛있다, 감사해, 잘했어, 예쁘다, 대견해, 멋져, 뿌잉뿌잉, 잘 어울려, 같이해, 연락해, 밥먹자, 반가워, 소중해, 평화로워, 푹 쉬었어, 잘 자, 하하하, 호호호, 눈부신, 상쾌해, 즐거워, 괜찮아

아름답고 삶을 밝게 빛나게 하는 단어들을 떠올리다 보니 결국 내 생활 안에 함께하는 것들이고 내 맘 속의 욕구들이었다. 이 욕구가 해소되면 삶이 기쁘고, 즐겁고, 평화롭고, 행복할 텐데. 욕구불만으로 넘어가면 그냥 스쳐가는 구름 같은 일들이 되고 말 것이다. 나의 바램은 언제부터인지 거창한 것이 아닌 삶 안에 가족 안에 노래가 있고 춤이 있고 연극처럼 감동된 그리고 여행으로 가슴이 뻥 뚫리는 일상이었다.

Part 4
엄마가 처음인
엄마가 말해요

누구에게나 처음엔 엄마가 있어요.
엄마가 처음이라 서툴고 어색하지만
다들 엄마라서 이 자리를 지키려고 노력하잖아요.
처음이니까 잘못해도 된다는 뜻은 아니에요.
실수를 해도 인정하자는 거예요.
자녀가 기뻐하면 기쁘고 슬퍼하면 슬픈 게 엄마잖아요.
왜 그런지 모르겠어요. 그냥 그렇게 되더라고요.

엄마 역할 20년, 30년이면 뭔가 익숙할 때도 되었건만
엄마란 자리는 늘 낯설어요.
아이를 위해 모든 삶을 살아도 실수가 되풀이 되거든요.
엄마 교육은 어디서 받아야 할까요?
능숙해지지 않네요.
그래서 기도가 필요한가 봐요.

오늘은 그 서툰 마음을 고백해 볼게요.

감정에 솔직한 게 자연스러워

김선애

회사 가고 싶지 않을 때 가고 싶지 않다고 표현해도 되는데, 그때는 엄마가 용납이 안 되었어. 하지만 지금은 이해할 것 같아. 미! 안! 해!

집에서 나가라고 했더니 소파에서 벌떡 일어나 탁자를 들고 거실 창문을 내리쳤을 때 너무 놀랐어. 너도 충동적인 행동으로 많이 놀랐을 거야. 한편으로는 마음을 표현했던 것이 다행스럽게 느껴져.

퇴근 후 먹을 것을 사다 줬을 때 바닥에 떨어뜨려 놓았지? 싫을 때는 세게 내동댕이쳐도 괜찮아.

엄마 말소리가 듣기 싫다고 게임 볼륨을 높였지? 지금 생각하면 귀여운 행동이라 느낄 만큼 여유가 생겼어. 큰소리로 엄마 목소리 듣기 싫다고 말해도 돼.

엄마가 써 놓은 편지를 구겨서 놓았지? 싫을 때는 그 종이를 갈기갈기 찢어버려. 네 분노가 사그라질 때까지.

전기 스위치가 고장 나 있었던 적도 있었어. 화가 풀릴 수 있다면 방문짝이라도 주먹으로 내리치렴. 참지 말고!

엄마도 화가 나면 말을 하지 않더라. 그런데도 엄마의 티는 보지 못하고 네 단점은 크게 보였어. 미안해 아들. 화가 날 때는 말 안해도 괜찮아. 이해해.

할 수 있는 게 게임 밖에 없다고 자책하지 않았으면 좋겠어. 살기 위해서 몸부림치는 것 같아. 지금은 이해해, 괜찮아, 아들.

밤에 게임하고 낮에는 자고. 패턴이 바뀌었을 때, 얼마나 외롭고 힘들었니? 지독하게 힘들고 아팠지? 마음 헤아리지 못해 미안해.

하고 싶지 않은 행동은 안 해도 괜찮아. 감정에 솔직한 게 자연스러운 거야.

네가 있어 행복하고 고마워

오수영

　어느 날, 아이가 침대로 숨었어요. 사춘기라는 이름은 평소와 다른 행동도 이해받는 시기잖아요. 아이는 몸에서 기운을 모조리 **빼내려** 애쓰는 것 같았어요. 햇빛을 보는 것도 누군가와 대화하는 것도 외출하는 것도 심지어 소음조차도 싫어했어요. 몸에서부터 의욕을 없애고 그냥 침대로 침대로만 들어갔지요.

　저는 침대가 그렇게 깊은 줄 몰랐습니다. 하루 이틀, 한 달, 두달……. 계속해서 침대로 숨어들었으니까요. 제가 사준 침대는 분명 1인용이고 겨우 계단 두 칸 정도의 높이임에도 아이는 잘만 들어가 숨었어요. 그게 우리 집 침대만의 문제인가 싶었어요. 외출을 거부해서 여행이란 핑계로 호텔을 갔어요. 아무 것도 안 한다는 조건이었어요. 호텔 방에서 그것도 침대서만 누워있다가 오는 여행요. 신기한 건 호텔 침대도 깊어 보였어요. 딸은 침대와 한 몸이더라고요. 그리고는 어두운 실내에서 안정감을 찾고 다시 고요해졌어요.

　침대 속에서 아이는 생각하고 느끼고 말하고 잠을 잤어요. 유일한 상대는 자신이었어요. 자신에게 묻고, 묻고, 묻고……. 그러다 심심하면 핸드폰에 뭔가를 적었어요. 무얼 쓰는지, 누구에게 쓰는지 알 수는 없지만 한참을 그렇게 쓰기도 했어요. 그냥 이 지구상에 혼자만 사는 사람 같았어요. 분명 제가 옆에 있음에도 불구하고 아무도 없는 것처럼 행동하고 먹고 자고 놀았어요.

사실 15세란 나이와 학생이란 조건만 빼면 뭐 문제될건 없을 것 같았어요. 학교를 안 가도, 가족과 대화가 없어도, 외출을 안 해도……. 사회가 정해준 기준을 모두가 선택할 순 없는 거잖아요. 15세 전까지는 학교도 가고 친구들과 떠들고 노래 부르고 놀러 다니는 게 일상이었지만 그걸 모두 안 한다고 해서 당장 무슨 일이 벌어지는 건 아니더라고요. 그런데 지구인이라서, 한국인이라서 기준대로 하는 게 당연한 걸까요? 이제는 저도 잘 모르겠습니다. 아무 것도 안 할 권리나 용기는 선택할 수 없는 것일까 묻고 싶어지네요. 살려면 뭐라도 해야 하는 게 당연한 걸까요?

아이를 대신해 묻고 싶었어요. 누구에게 물어야 할지도 모르면서 말이에요. 평온한 모습의 딸을 보면 한 번은 그렇게 사는 시간도 필요할 거라 생각했어요. 누구나 살면서 한 번은 아니 여러 번 그런 시간을 가져도 되지 않나? 싶거든요. 꼭 목표를 정하고 열심히 노력하고, 성과를 내서 좋은 결과를 보여줘야만 잘 사는 건 아니란 생각들요. 오히려 딸처럼 대놓고 쉬지 못해서 다들 병이 나고 힘들어하는 건 아닌가 싶었어요.

누구나 자신의 상태를 살피고 책임지고 쉬게 해줄 용기가 필요하잖아요. 몸은 자기 것이니까요. 몸이 힘들다 해도 들어줄 사람이 없는데 누가 먼저 내 몸에게 자유와 휴식을 줄 수 있을까요. 딸은 미리 자신과 협상을 한 것 같아요. 자신이 힘들다고, 무엇 때문인지 모르지만, 그냥 이것저것 많은 생각들 때문에 힘들다고, 그래도 된다고 자신과 타협을 본 것 같아요. 그래서 대책없이 보일지라도 과감하게 침대 속으로 숨는 거죠. 그래서 벌어질 모든 일들로부터 그만! 거부하는 어려운 결정을 한 것 같아요. 누구에게도 공감을 얻기 힘든 결정을 한 거죠. 엄마라는 사람조차 이해하지 못했어요.

'그냥 학교 가면 안 돼? 다른 아이들처럼 하면 안 되냐고? 뭐가 그렇게 혼자만 힘들어? 세상 고민 혼자 다 하니? 그렇게 지내면 해결이 돼? ……' 말도 안 되는 말들을 퍼부었어요. 다 듣지 않아서 다행일 정도예요. 아이는 이런 말도 듣지 않았어요. 그래야 자신과 대화하기 쉬웠을 거니까요. 오로지 자신하고만 있으려고 애썼던 것 같아요.

뭐가 옳고 그른지? 이런 얘기가 아무런 도움도 되지 않음을 아는 거죠. 그래도 다행인 건 곁에 있어도 저를 내치지 않았던 거에요. 저도 그땐 어떤 말로 위로를 해야할지 몰랐어요. 그냥 있어만 줘도 되는 것을 나중에 알았죠. 내가 말을 잘하지 못해서 아이가 더 힘들어하는 건 아닌가 싶어 안타깝고 서러웠어요. 온몸으로 견뎌내고 지켜내는 건 아이의 몫이란 걸 압니다. 중요한 건 간절함으로 아이를 믿고 기다려주는 것 같아요. 엄마가 처음이란 생각을 못해봤는데 아이 덕분에 저도 처음이라 서툴렀단 위로를 해 봅니다.

"엄마가 처음이라 서툴고 부족해서 미안해.
　그래도 딸! 네가 있어 행복하고 고마워."

진연희

'도와 달라.'고 말해도 돼

몸과 마음이 힘들 땐 언제든지 '도와 달라.'고 말해도 돼.

우리나라에도 너처럼 고립청년이 수십만 명이래.

이제 주위에서 도와주려는 사람들도 많아지고 있어.

우리 같이 이 길을 헤쳐나가 보자. 그동안 엄마 생각만 옳다고 하고 네 성향과 결정을 존중해주는 법을 몰랐어. 안 괜찮아도 괜찮아.

바닥이 훤히 내려다보이는 위태로운 구름다리를 건널 때 옆에서 든 든히 네 손잡아 주는 사람이 될게.

네가 언제라도 기대어 쉴 수 있는 안전한 기지가 되어 줄게.

지금 생각해보니 엄마가 먼저 다가가기보다 네가 먼저 다가와주기를 바란 것 같아. 이제 내가 먼저 한 발 다가갈게.

내려놓고 솔직하게 엄마의 약한 모습을 보여주지 않고 항상 강해져 야 한다고만 해서 미안해. 명절에 친척들에게 인사하고 사촌들이랑 놀 아줘서 고마워. 엄마 허리 아프다고 파스 붙여달라 했을 때 늦게 오긴 했지만 도와줘서 고마워.

이열이

말 걸어줘서 고마워

옷 안갈아 입는다고 냄새난다 뭐라 했던 거 미안해.

씻기만 해도 좋겠다 생각했는데 요즘은 로션도 바르라고 욕심을 부렸네. 샴푸를 했는지 안 했는지까지 체크해서 미안해.

바지 사러 가서 옷을 못 입어 본다길래 물어봤더니 속옷을 안 입는다고 하더라. 겨울이니 한 개라도 더 입으면 좋겠어. 매일 매일 고기 구워줄 수 있으니 꼭꼭 씹어서 먹어. 칭찬 많이 못해줘서 미안해. 지적을 많이 하는 엄마가 반성할게. 엄마가 해준 카레가 맛있다고 매일 해달라고 해서 귀찮았어. 그래서 양을 많이 했네. 엄마 전화 잘 받아줘서 고마워. 엄마랑 같이 길거리 다니는 거 창피하다고 이야기해줘서 기쁘네. 창피한 감정을 말해줘서 고마워.

햄버거 먹고 쌀국수 또 사줄 수 있냐고 물어봐줘서 엄마는 좋아. 엄마가 해줄 거라는 믿음이 있었던 거지. 강아지 잘 돌봐줘서 이쁘네. 물도 챙겨주고 산책도 한 번 용기내서 나가주었잖아. 엄마 탓, 아빠 탓하는 아들이 아직도 익숙치 않네. 그래도 엄마에게 말 걸어줘서 좋다.

네가 아픈만큼 엄마도 성장했잖아

한아름

아들, 더 큰소리로 고함 질러도 돼. 마구 울어도 돼. 엄마가 만든 밥, 안 먹어도 돼. 죄책감 느끼지 마. 혼자 힘들어 하지 마. 우린 가족이잖아. TV, 컴퓨터 던졌다고 미안해 하지 마.

속상하고 화나서 문짝 부수고 어쩔 줄 몰라하면서 자신을 가두는 아들아. 괜찮아. 네 손은 괜찮니? 너의 감정을 표출해도 돼.

엄마도 이 과정을 처음 겪으며 걱정되고 놀랐어. 넌 얼마나 힘들었니? 엄마도 20대엔 내 인생이 어디로 흘러가는지 걱정이 많았어.

몇 년 늦어도 돼. 그만큼 네 몫이 응축되어 있을 거야. 원래 우리 아들은 대기만성형이야. 세상에는 분명 네 몫이 있으니 걱정하지 마.

너도 하늘이 내려준 너만의 사명이 있단다. 그걸 찾길 바란다.

네가 아픈만큼 엄마도 성장했단다. 아들아. 고맙다.

젊을 땐 일탈도 모두 경험에 속한다. 그 경험이 남을 이해하는 데 도움이 될 거야. 아무 버스나 타고 무작정 종점까지 가도 돼.

몇 달 동안 세수하지 않아도 괜찮아. 숨은 쉬고 있잖아.

홀로 있지만 혼자가 아니야

유세은

 네가 자퇴했을 때 엄마가 너무 속상해했지만 너의 용기를 응원해. 너
도 힘들 텐데 엄마가 너무 앞서서 힘들어 했지. 자퇴해도 괜찮아.
 네 말을 자꾸 못 알아들어 답답하지? 답답한 엄마라고 말해도 돼.
 말하기 싫을 땐 말하지 않아도 돼. 그냥 그대로를 이해해.
 속상할 때는 욕해도 돼. 엄마가 조금은 열받겠지만 그렇게도 지낼
수 있는 거거든.
 혹시 엄마랑 놀러가면 안될까? 너랑 놀러가고 싶다.
 엄마가 과속을 하면 천천히 달려오라고 해.
 너한테 욱하고는 너무 미안했는데, 그래도 화낼 수 있던 그때는 너와
함께 있었구나.
 너는 홀로 있지만 혼자가 아니야. 어찌 되었든 너와 같이 있어. 우리
가!
 네가 몹시 체했던 날, 엄마의 손길도 거부했잖아. 네 등도 두들겨 주
고 손바닥도 눌러줄 때 너의 몸을 맡겨줘서 엄마는 너무 좋았어.

Part 5

아이를 생각하며
혼자 묻고 답해요

은둔 자녀는 자신을 가둔 것인지
밖에 있는 가족을 가둔 것인지 알 수 없어요.
처음엔 자신을 가두지만 나중에는 세상을 가두지요.
그래서 가족은 시간이 지나면서
평범한 대화가 그리울 때가 많아져요.
일상이 궁금해지고 가벼운 말도 나누고 싶어져요.

엄마는 자녀의 말 한 마디가 늘 그리워요.
자신을 가둔 아이를 생각하면 마음이 찢어지거든요.
밝은 곳에서 사는 모습을 늘 상상하게 되지요.
하지만 이제는 아이가 선택한 그곳이 편안했으면 좋겠어요.
힘든 아이를 안전하게 지켜주면 좋겠어요.
그래서 아이가 편안한 마음이길...

가끔은 혼자서 이런 생각도 하지요.

왜 말문을 닫은거야?

김선애

Q. 왜 말문을 닫은 거야?

천안 기숙사 생활이 힘들고 외로웠지. 집 떠나는 거 싫어했는데 힘들었을 거야. 엄마가 네 마음을 이해해주지 못해서 미안해. 너도 충전의 시간이 필요했을 텐데. 엄마도 힘들 땐 다 폭발하고 싶었거든. 이제 조금 울 아들 마음을 이해할 것 같아.

Q. 엄마의 어떤 점이 싫었던 거야?

네 생각이나 의견을 묻지 않고 지시, 강요만 하던 걸 싫어했지. 따뜻한 감정은 배제하고 기계적인 훈련을 시켰던 것도 싫었을 거야. 조용히 잠들어 있는 침묵의 시간이 넌 편했을 텐데.

Q. 게임에 몰두하면 온갖 시름이 다 잊혀지니?

게임 외에 할 수 있는 것이 없었던 거지. 게임만이 고통을 잊을 수 있는 유일한 탈출구이고 네 존재 가치를 느낄 수 있으니까.

Q. 미치도록 화가 나는 이유는 뭘까?

사실 너도 잘 모를 거야. 어쩌다가 네가 이런 생활을 하게 되었는지 답답한 현실이 싫은 거지.

Q. 지금 하고 싶은 것은 뭐니?

잘 모른다고? 하고 싶은 일이 있다면 이러고 있지 않겠지. 근원을 알지 못하는 답답함과 짜증이 그 무엇도 할 수 없게 하는지도.

Q. 정적을 깨트리는 엄마의 목소리가 부담스럽니?

엄마를 미워한다는 사실이 힘들 수 있을 거라 생각 돼.

Q. 그냥 가만히 내버려 뒀으면 좋겠니?

당분간 조용히 있을게. 간섭하지 않고 싸늘한 눈으로 보지 않고 있는 그대로의 존재로 인정해 줄게. 노력할게.

Q. 초인종을 누르는 사람이 누구인지 관심도 없지?

너는 지금 너에게도 관심이 없는데 밖에 있는 누군가가 궁금하지 않는 게 당연해.

Q. 거울 속 네 모습은 보니?

거울 속에 비친 모습이 네가 아닌 것 같아 낯설지. 네 자신이 못마땅하고 싫은 마음일 거야. 나도 그럴 때가 많거든.

Q. 지금 생활이 그런대로 견딜만 하니?

지켜보는 엄마보다 네가 더 힘들다는 거 알아. 조금이라도 견딜 수 있기를 바래.

Q. 방에서 나오면 하고 싶은 일은 뭐니?

엄마는 궁금한 질문이지만 울 아들은 아닐 수도, 아니면 엄청 많을 수도 있을 거야. 혹시 가능하다면 엄마랑 함께 할 수 있는 일도 있으면 좋겠구나.

Q. 우울하고 힘들 때는 무슨 생각을 할까?

아무 생각하고 싶지 않을 거야. 그럴 때는 잠이나 자버리자. 그냥 대충 살아버리자. 불편한 마음인데 생각하기 힘들 거야.

Q. 미래에 대한 불안감이 많지?

너도 당연히 이 생활이 죽도록 싫을 거야. 현실도 어쩌지 못하는데 미래까지 생각할 힘이 없을 거고. 그래도 아들, 너무 걱정하지 마. 함께 찾아보자. 곁에 있어 줄게.

너를 위해 너를 가두는 거니?

오수영

Q. 무엇이 너를 어두운 방으로 숨게 했니?

삶에 대한 물음들이 갑자기 들이닥쳐 혼란스러웠던 거지. 해맑게
살다가 사춘기란 시기에 묵직한 질문들에 넌 넘어진 거야. 처음 겪
는 너 자신과의 대화에서 넘어진 것 같아. 너무 당황스럽고 무서워
일단 숨게 된 거잖아.

Q. 밖에 나오기 싫어서 굶는 거니?

먹는 것도 이길 만큼 힘들지. 배가 고프다는 사실도 잊을 만큼 너
자신과 마주하기 무서웠던 거잖아. 그러니 얼마나 힘들었을까? 먹
고 자는 것도 잊을 만큼.

Q. 무섭고 두려워서 날마다 울었던 거니?

나중에 말한 거지만 진짜 매일 울었잖아. 울어도 울어도 해결되지
않아 미칠 것 같았다고. 그런 때가 있는 것 같아. 어찌할 수 없는 그

런 때. 아무 것도 할 수 없다고 느끼니까 무서웠을 거야. 이불 속에 숨어도 들킬 것 같잖아. 혼자란 생각이 두렵잖아. 울 수 있어서 살았던 거라고. 힘들겠지만 딸아! 넌 안전하단다.

Q. 울고 나면 속이 좀 편해지는 거야?

운다고 해결되는 건 아니겠지만 울기라도 해야 되었던 거지. 얼마나 울면 네 마음이 편해질지는 모르겠구나. 울어줘서 고마워. 기다릴 거야 엄마는. 우리 딸이 울고불고 하는 건 이유가 있다고 봐. 분명 좋아지고 크는 과정이라고 생각해. 그러니 딸, 너를 지켜주는 가족이 있다는 것만 기억해 주렴.

Q. 낮에도 밤에도 어둠을 만들면 덜 불안하니?

밤낮없이 우울하고 슬퍼하는 모습이 지켜보기 힘들구나. 하지만 어둠이 널 보호한다는 생각도 든단다. 뭔가 투명한 막이 너를 따뜻하게 감싸고 있다는 느낌이 들 때도 있어. 너도 그런 마음인 거지?

Q. 너를 위해 할 수 있는 일이 너를 가두는 거니?

어찌할 바를 몰라 일단 가둔 거라 생각해. 얼마나 당황스러우면 그럴까 싶기도 하고. 밖에서 보는 우리도 힘든데 어린 넌 얼마나 두려웠을까? 딸아! 너를 가두고 나서야 너는 너를 보기 시작한 것인데, 왜 난 늦게서야 이걸 아는 걸까?

Q. 현실을 잊고 싶어 핸드폰만 보는 거야?

지금, 당장 시간이 훌쩍 흘러가길 바라는 마음일 거야. 힘들어서, 현실이 버거워서 잊으려고 핸드폰 속으로 숨는 거겠지. 자신만 보이는 게 싫어서 다른 사람들만 쳐다보고 시간을 보내는 거지. 핸드폰을 보고 있으면 현실을 좀 잊을 수 있을 테니까 말이야.

Q. 고양이가 있어서 위로가 되니?
언제나 너를 찾아 네 곁에 머물기 좋아하는 고양이가 있어 고마워. 너가 많이 사랑해주는 걸 아는 것 같아. 너를 그냥 좋아해주는 고양이가 위로가 된다면 정말 다행이야.

엄마가 할 수 있는 건 뭐니?

문명자

Q. 어두운 방이 편하니?

빛이 부담스럽지 않아서 좋아.

Q. 잠이 안 올 때 어떤 생각하니?

자야 하는데, 자고 싶은데, 자꾸 생각이 나서 힘들어.

Q. 학교에 있으면 어떤 마음이 드니?

죽을 것 같이 힘들어.

Q. 방에 있으면 안심이 되니?

내 방, 보금자리가 좋아.

Q. 먹고 싶은 음식이 뭐야?

배가 고파야 먹지……. 아무 것도 안 땡겨.

Q. 엄마가 할 수 있는 건 뭐지?

엄마가 행복하면 나도 행복해.

Q. 어디 가고 싶은 데는 있니?

바다가 보고 싶어.

Q. 보고 싶은 사람은 있어?

보기만 한다면 다 보고 싶어.

Q. 미워하는 사람은 누구지?

없어. 다 좋아.

Q. 어떤 영화가 재미있었니?

스트레스 풀리는 것.

Q. 언제가 가장 기뻤어?

학교 가기 전.

Q. 아빠가 이해 못해서 화가 난 거야?

화가 난 게 아니라 슬펐어.

Q. 가기 싫은 학교에 아침마다 가는 게 어떤 마음이었니?

죽을 거 같아. 감옥 같았어.

외롭지 않니?

이열이

Q. 너에게 불안이 몰려올 때는 어떤 상황일까?

그냥 조용히 시도 때도 없이, 갑자기, 늘, 불안해. 불안할 땐 엄마나 주변 사람들한테 말을 걸어도 괜찮은 거 알아. 날 안아줄 준비가 되어 있지만 지금은 그러고 싶지 않아.

Q. 침대에 계속 누워있는데 잠은 안 오고 눈만 감고 있는 거지?

생각하기 싫고 현실을 부정하고 싶어서 누워 있는 거야.

Q. 친구와 관계도 귀찮다고 하는데 외롭지 않니?

친구한테 어떻게 다가가야 할지 모르겠고 다가오는 것도 무서워. 내 마음이 열리면 그리 어려운 일도 아닌 걸 알아.

Q. 가끔 동생보기 창피할 때도 있니?

동생이 날 한심하게 볼 때도 가끔 있는데 그래도 그냥 넘기잖아. 조금 더 좋아지는 모습도 보이고 싶지만 지금은 아냐.

Q. 아빠가 무섭다고 인사도 안 하는데 너에게 아빠는 어떤 존재니?
아빠의 모든 것에 관심이 없는 거야. 그냥 아빠는 아빠니까. 난 내 존재도 힘들어.

Q. 요즘 동물 얘기 많이 하는데 동물하고 소통하는 건 편하니?
동물은 말이 없으니 일방적이라 편해. 귀엽고 내 말을 잘 들어 편하지.

Q. 옷 갈아입기 귀찮고 병원 가기 귀찮고 몸이 안 따라 주는 거지?
그냥 말 그대로 귀찮아서 그런 거야. 할 수 있는데 마음 먹기 힘들면 굳이 안 해도 되잖아.

Q. 거울은 가끔 보니?
씻고 나왔는데 거품이 얼굴에 그대로 있는 건, 그냥 지금 모습에 자신없어 그런 거야. 회피하고 싶어서 거울도 안 보고. 내 모습이 꼴보기 싫을 때가 많아.

Q. 사람이 싫다고 하는데 무슨 일이 있었던 거니?
무슨 일이 있었던 건 아니지만 사람과 오랜 시간 안 만나다 보니 방법도 모르겠고 무섭기까지 해.

Q. 안경도 불편하다고 안 쓰는데 세상 보기가 싫은 걸까?
사람들이 말하는 바른 세상이 싫어. 불편하면 안경을 찾을 날이 올 거야.

Q. 컴컴한 밤. 방 문 잠그고 있으면 안 불안하니?

아무 생각 안 해도 되고 이 세상이 정지된 기분이 들어. 현실을 잊게 해줘서 편해.

Q. 학교에서 무슨 생각하니?

학교에 있으면 애들이 말도 거는데 내가 밀어내는 거야. 굳이 친구는 필요없어. 외롭지도 않아. 난 늘 혼자였으니까.

Q. 마음이 이랬다 저랬다 하루에도 몇 번씩 바뀌는데 아직도 네 마음이 불안한 거니?

나도 나를 모르겠어. 정답은 없어. 복잡하고 한순간 무기력해져. 나도 나를 종잡을 수 없어.

Q. 모든 것이 하기 싫어? 그럼 아들이 좋아하는 건 뭘까?

조금 더 기다리면 좋아하고 하고 싶은 게 생기겠지. 지금은 나도 모르겠어. 그냥 내버려 둬. 아니 기다려 줘.

지금 기분은 어때?

한아름

Q. 왜 아무 것도 할 수 없는 거니?

　내 인생 내 맘이야. 묻지 마. 나 혼자도 지금 버겁다고. 날 내버려 둬.

Q. 무기력해서 세수조차 할 수 없는 거니?

　응. 힘들어. 말하기 싫어, 묻지 마.

Q. 얼마나 자신의 감정을 억압하고 살았니?

　몰라.

Q. 밤에 옆집 아저씨가 술주정 부릴 때는 얼마나 힘드니?

　ㅅㅂ 지옥같아.

Q. 너무 많이 자는 것 같아 엄만 놀랬다. 그 깊은 잠 속에서 넌 쉬는 거니?

　아무 것도 할 수 없어. 그냥 잠이라도 자는 거야.

Q. 얼마나 부모를 원망하고 갈등을 겪었을까? 엄마가 미웠니?

　당신들이 왜 날 낳은 거야.

Q. 더위도 잘 타는데 그저 방안에만 있었잖아. 에어컨이 있는 거실로 나

　오면 되지 좁은 방에서 어떻게 견디니?

　그냥.....

Q. 엄마가 네 편이 아니라고 얼마나 미웠을까?

　×××욕만 나온다.

Q. 엄마 목소리가 그렇게 듣기 싫은 거니?

　그래. 신경 거슬려. 숨소리도 듣기 싫다고.

Q. 오늘도 게임만 하는구나. 세상이 싫고 그곳은 편하니?

　거지 같은 세상이야. 이것 말고 다른 건 뭐가 있는데?

Q. 곰이 3년 동안 마늘을 먹었다는데 너는 동굴같은 방에서 언제 사람

　으로 환생하니?

　나도 몰라. ××

Q. 친구들은 안 보고 싶니?

　왜 친구들 얘기야? 또 비교하게? 안 궁금해.

Q. 어둠 속에서도 불안하니?

　그래. 나 좀비 같아. 내가 뭐하고 있는지 나도 모르겠어. 아무 감각

이 없어. 지금 난 파충류야.

Q. 어떨 때 불안감이 몰려오니?

시시 때때로. 자주.

Q. 거울은 보니?

왜 거울을 봐야 해? 내 얼굴도 보기 싫어.

Q. 잠이 안 올 때는 어떤 생각하니?

수많은 생각. 꼬리에 꼬리를 물고 지우고 싶은데 안 지워져. 내가 무
서워.

Q. 엄마가 어떻게 도와주면 되니?

...... 나도 나를 모르는데......

Q. 지금 기분은 어때?

아무 느낌 없어. 무슨 기분?

보고 싶은 친구는 없니?

유세은

Q. 자퇴할 때 학교 다닐 필요 없다고 했잖아. 지금도 그래?

의무교육은 싫어서 그만 두었더라도 너가 꼭 필요한 부분은 있을 거야. 90살 먹은 할머니가 배우려는 건 아마도 배움을 통해 얻음이 크기 때문이지. 너를 위한 발걸음을 조금씩이라도 옮겨보면 좋겠어.

Q. 카톡은 왜 하지 않는 거야?

가끔씩 카톡이 열렸다 닫히는데 아는 사람들의 소식은 궁금한 거지. 보고 싶지 않은 사람 때문에 보고 싶은 사람을 못 만나는 건 아쉽다. 그치. 힘들겠지만 보기 싫은 사람은 무시하는 것도 배워야 해.

Q. 보고 싶은 친구는 없어?

외롭잖아. 어떻게 해주면 될까? 가끔 네 친구들을 초대하면 어떨까 하고 고민하고는 해. 만나고 싶은 사람 있으면 누나한테라도 말해봐. 그리고 연락해보면 어떨까?

Q. 지금 가족들이 너에게 잘하고 있는건지 궁금해?

사실 지금 널 위해 가족들이 특별히 더 애쓰기도 하지만 항상 널 위해 애쓰고 궁금해하고 걱정해왔어. 부담스럽게 여기지는 말고.

Q. 지금 제일 불편한 건 뭘까?

나이가 들면서 마음대로 할 수 있는 것이 점점 줄어들지. 그래도 아직 실수해도 되고 틀려도 돼. 그러니 불편해하지 말고 하고 싶은 대로 해봐.

Q. 엄마랑 말하기 싫어서 가능한 너와 대화를 피하는데, 아직도 많이 부족하니?

근본적인 문제해결이 되지 않았으니 엄마랑 말하는 게 싫은 거지. 엄마도 명확히 알지 못해 답답해. 그런 엄마가 너는 또 답답한 거고. 그러니 이런 것도 엄마가 틀렸다고 말해주면 좋겠어.

Q. 밤낮을 바꾸려고 하는 것 같은데 잠이 안 올 때 마음은 어때?

네가 낮에 잘 때는 안도감이 들기도 하고 안타깝기도 해. 가족들이 쿨쿨 잘 때 너는 혼자 깨어 있을 걸 떠올리니 안타깝다. 엄마도 잠이 안 올 때 잠자는 가족들을 보면 좀 허전했거든.

Q. 아픈 곳은 없니?

운동은 안하고 굶다가 폭식하다가를 반복해서 살이 찌니 안타깝다. 너무 굶을 땐 화장실 가기도 힘들어하잖아. 아픈 곳이 생길까 너무 걱정스럽구나.

Q. 기타 배우는 것 말고 또 하고 싶은 건 뭐야?

기타와 피아노 연습하는 걸 보니 아주 근사하단다. 무언가 더 해주고 싶은 마음이지만 넌 만족스러운거지? 그럼 된 거야.

Q. 요즘 기분은 어때?

기타를 배우며 만족감을 조금은 얻은 것 같아 보여. 기타학원을 가는 외출이 기분 전환이 되는 좋은 기회 같아. 가끔씩 웃는 모습이 보여 엄마도 기쁘단다.

Part 6

내가 좋아하는
시에요

엄마로 살다보니
내가 좋아하는 것들을 대부분 잃어버렸어요.
그래도 찾아보니 몇 가닥 남은 마음이 있더라고요.
시를 좋아하던 때가 있었어요.

시를 읽으면 누굴 위해서가 아닌 나 자신을 바라보게 되어요.
잠깐이지만 시 속으로 들어갔어요.
그래서 행복하단 생각을 하게 되네요.

시는 대가를 바라지 않고 나를 위로해 주어요.
잔소리하지 않고 나를 보살펴요.
신이 존재한다면 내게 말하고 있는 것 같아요.

오늘은 걱정 대신 시를 읽는 시간이에요.
그냥!

동백꽃, 세 번 꽃 피우기

김선애

〈 선운사에서 〉 – 최영미

꽃이
피는 건 힘들어도
지는 건 잠깐이더군

《 서른, 잔치는 끝났다 》(이미출판사, 2020) 중에서

　동백꽃이 힘들게 피었건만, 속절없이 뚝뚝 떨어질 때의 아쉬움, 애잔함이 가슴 깊이 공감되었다.
　동백꽃은 세 번 꽃을 피운다고 했다. 초록빛 잎에 쌓여 나무에서 피고, 땅 위에 떨어져서 피고, 눈과 마음에서 다시 피어난다고. 내 그리움도 동백꽃처럼 그 사람과 함께 했던 추억이 잊혀지지 않은 채 여전히 가슴 한 켠에 머물러 있다.

나를 지켜주던 수호천사는 이제 파랑새가 되어 떠나갔는데 난 현실을 받아들이지 못하고 나무에서 핀 동백, 땅에 떨어진 동백, 마음에 머문 동백을 보듯 기억에서 붙잡고 아쉬워하며 차마 보내지 못하고 있다.

내 인생의 첫 번째 이별은 사랑하는 사람의 죽음이다. 너무 젊은 32살. 7살, 4살 된 아이들과 고단한 삶의 무게만 나에게 지워주고 그는 홀로 가버렸다.

15년이 흐르고, 두 번째 사랑이 찾아왔다. 하지만 10년을 함께 한 그 사랑도 내게서 멀어졌다. 첫 번째 사랑은 영원히 가버렸고 두 번째 사랑은 다시 돌아오지 않을 것 같다.

이별은 한 번이든 두 번이든 연습이 없어 힘들기만 했다. 이성적인 생각과 판단에 앞서 시시때때로 밀려오는 힘든 감정을 억누르기 벅찼다. 이별의 고통을 홀로 몸부림치며 감당해야만 했다. 그가 선택한 자유를 인정해야만 했고 난 지켜볼 수 밖에 없었다.

인간은 누군가를 온전히 소유할 수 없다. 특정한 시간에 찰라의 순간만을 함께 했을 뿐이라고 애써 위로하며 다독인다.

동백꽃이 화려하고 눈부시도록 아름답게 피었을 때 내게 준 기쁨, 그것으로 만족하라는 듯하다. 그때 그 시간, 이미 난 충분히 사랑 받았고 행복한 시간을 보낸 것이다.

내가 살아 있는 동안, 기억 속에서 쉽게 잊을 수 없고 잊혀지지 않겠지만 힘들게 시간이 흐른다. 그 속에서 변화의 시작을 가졌다. 시를 읽고 혼자여서 외로운 것이 아니라 홀로서지 못해서 외로운 것이란 걸 깨달았다. 이제 묵은 상처에서 나를 해방시키고 서서히 홀로서기를 시작해보련다.

행복한 사람의 집

오수영

〈 여인숙 〉 - 잘랄루딘 루미

인간이라는 존재는 여인숙과 같다.
매일 아침 새로운 손님이 도착한다.

기쁨, 절망, 슬픔
그리고 약간의 순간적인 깨달음 등이
예기치 않은 방문객처럼 찾아온다.

《 사랑하라 한번도 상처받지 않은 것처럼 》(오래된미래, 2005) 중에서

아침마다 오는 손님들에게 신경을 못 썼다는 말이 맞을 거다. 내가
여인숙이란 걸 모르기도 했고, 내가 그 손님들을 모두 돌볼 수 있다고
는 생각하지 못했다. 도리어 나도 손님처럼 행동했던 것 같다. 결혼을

하고 아이가 생겨도 여전히 난 손님이고 싶어했다. 내가 그들을 모두 맞이하는 게 부담스럽고 힘든 일이며 불공평하다 생각했다. 그래서 나만 억울하단 생각을 한 때가 많았다. 그 억울함을 대신해서 나를 내버려두고 가족에게 함부로 대했는지 모르겠다. 감사하고 고마운 마음도 잠시 나만 힘들다고 생각했다. 나만 어려운 일을 다 맡아서 힘들게 일한다는 어리석은 생각을 했던 것 같다. 사실 그건 나를 성장시키기 위한 하나의 방편이었을지도 모르면서 말이다.

어리석었던 내가 안쓰럽지만 그런 시간이 있어서 지금은 좀더 나은 삶을 살려고 노력하는지 모른다. 나는 성장하고 싶다. 괜찮은 어른이고 싶고 넉넉한 삶을 살고 싶다. 꽤 멋진 여인숙이 되고 싶다. 내가 좋아하는 사람들이 언제든 와서 편하게 쉬어 갈 수 있는 그런 곳이 되고 싶다. 좀 더 빨리 손님들을 알아보았더라면 어땠을까 싶다. 많은 손님들을 극진히 모셨는지, 진정성있게 대했는지 돌아본다. 부족했고 어리석은 행동을 많이 했던 것 같다. 손님을 가려서 받으려고 했으며 초대도 쉽게 하지 못했다. 내가 힘들다는 핑계로 말이다. 나에게 행운을 주러 온 많은 손님들에게 미안하고 죄송하다. 이제부터라도 손님을 가리지 않고 평온한 마음가짐으로 맞이하고 싶다.

이 시를 읽으면 내 삶이 쭈욱 그려진다. 나를 너무 작은 여인숙이라 생각해 초대도 꺼리고 주저했는데 그건 내가 정할 일이 아니었다. 나는 그저 찾아오는 이를 아무런 편견없이 맞이하면 되는 거였다. 내 몸과 마음의 모습만 신경쓰면 될 것을 말이다. 손님의 모습을 보면서 판단하고 가리고 비판했던 어리석음이 부끄럽다. 남편과 아이들에게 따뜻한 온기를 전할 수 있는 여인숙이 되고 싶다. 적당히 머물다 떠나고 다시 돌아오기를 반복하겠지만 그건 그들의 몫이고 난 내 몫의 일만 충실히 하면 되는 거다. 항상 그들을 따뜻하게 반겨주고 싶다.

내가 할 일은 여인숙을 깨끗하고 포근하게 청소하고 가꾸면 되는 거다. 나 스스로 행복한 사람의 집이 되련다. 휘황찬란한 모습의 집이 아니더라도 편안하고 따뜻한 온기가 느껴지는 그런 곳 말이다. 나 또한 가족으로 인해 감사함이 느껴진다.

⟨ 인생거울 ⟩ - 메들린 브리지스

왕이든 걸인이든 삶은 다만 하나의 거울
우리의 존재와 행동을 비춰 줄 뿐.
자신이 가진 최상의 것을 세상에 주라.
최상의 것이 너에게 돌아오리라.

《 사랑하라 한번도 상처받지 않은 것처럼 》(오래된미래, 2005) 중에서

'자신이 가진 최상의 것을 세상에 주라.' 이 말의 뜻을 이해하기까지는 시간이 많이 걸렸다. 모르고 그렇게 한 것도 있지만 반대로 생각했던 때도 있었다. 내가 가진 것을 먼저 주기보다는 먼저 받고 싶어했다. 그게 당연한 거라고 믿었다. 내가 먼저 받으면 받은 만큼 준다고 알고 있었다. 누구에게 배웠는지도 모르고 그렇게 살았던 것 같다. 그래서 성장하지 못하고 우물쭈물 제자리를 맴돌았던 것 같다.

난 왜 이렇게 사나? 다른 사람들은 잘만 사는데……. 이런 시간들이 길었다. 세상을 몰라도 한참 몰랐던 어린 나였다. 그냥 아무 탈없이 착하게만 살면 잘 사는 거라 생각했는데 그것도 아니었다. 아무 것도 하지 않고 아무 탈이 없다는 건 진짜 무지한 삶이었다. 고만고만하게 사

는 게 내 세상의 전부라고 착각한 적도 있었다. 우물 안 개구리가 나였던 거다. 물론 지금도 우물 안에 살고 있는지 모른다. 하지만 그때보다는 큰 우물같아 다행이다.

이 시를 보니 조금은 성장한 느낌이 든다. 내가 가진 최상의 것을 세상에 주려고 노력하며 살고 있으니 말이다. 내가 줄 수 있는 가장 좋은 것들만 줄 수 있다는 것도 배웠다. 그럴 수 밖에 없는 환경이 만들어진 것에 감사한다. 나의 말과 행동을 가리고 좋은 것들만 세상에 뿌리려고 노력하는 것만으로도 다행이다. 그건 모두 내 주위사람들을 통해 배운 것일 거다. 나 스스로 어떻게 배웠겠는가. 부러워하다가 배우고 놀라며 배우고 비웃다가 배우고 박수치다가 배우는 것 같다. 가장 크게 배울 때는 내가 힘들고 아플 때인 것 같다. 나만 힘들다 생각했는데 그건 나를 가르치기 위한 누군가의 의도였을지 모른다. 작은 힘이 생기고 호기심을 가지면서 세상은 나에게 더 많은 것들을 주었다. 나 자신을 더 믿게 만들고 내가 더 좋은 사람이 되고 싶게 만들었다.

사람들과 독서모임을 할 때가 행복하다. 어떤 책을 읽더라도 배울 점이 항상 있었다. 책에 대한 사람들의 생각이 내겐 또 한 권의 책이었다. 평소 느끼지 못한 것들에 대해 그들은 찐 경험으로 나에게 감동을 주고 배움을 주었다. 가장 재미있는 최상의 시간들이다. 그러니 나도 세상에 찐으로 도움을 주어야 한다. 물질로 갚을 수도 있지만 물질 이상의 마음으로도 갚아야 한다. 그게 내가 성장하고 발전하는 길이라 생각한다. 시에서 말하는 것처럼 최상의 것이 나에게 돌아올 것을 알기 때문이다.

그림자, 진정한 아름다움

진연희

〈 별은 너에게로 〉 - 박노해

어두운 길을 걷다가
빛나는 별 하나 없다고
슬퍼하지 말아라

가장 빛나는 별은 아직
도달하지 않았다

《 너의 하늘을 보아 》(느린걸음, 2022) 중에서

인생을 살다보면 캄캄한 터널을 걷게 될 때가 있다.

처음엔 금방 끝나려니, 곧 빛을 만나게 되려니, 밝은 길이 나타나려
니 기대를 하지만 그 터널이 길어질수록 기대보다는 실망이, 희망보다

는 절망이 찾아온다.

그러다 결국에는 불안과 두려움에 압도되어 한 치 앞도 볼 수 없고 판단할 수가 없는 순간이 오는데 그때 내 눈에 가느다란 별빛 한줄기만이라도 보인다면 나는 길을 잃지 않고 앞으로 나아가 볼 수 있을 것 같다.

특히나 그 빛이 수억 광년이나 떨어진 곳에서 가장 빛나는 별로 나를 향해 빛을 보내주고 있는 것이라면 더 이상 지금의 어둠에 압도되지 않을 것이다.

나는 지금 간절히 나의 길을 찾고 있다. 그 길을 비춰주러 가장 밝은 빛이 나를 향해 달려오고 있다.

나는 나의 길을 결국엔 찾을 것이다.

그 간절한 길을 찾는 또 한 사람 나의 아들에게도.

〈 내가 사랑하는 사람 〉 - 정호승

나는 그늘이 없는 사람을 사랑하지 않는다
나는 그늘을 사랑하지 않는 사람을 사랑하지 않는다
나는 한 그루 나무의 그늘이 된 사람을 사랑한다

《 내가 사랑하는 사람 》(비채, 2021) 중에서

나는 그늘이 없는 사람을 좋아한다. 항상 밝고 유쾌하며 반짝임만 있으며 어두운 그림자 따위는 없는 사람을 좋아했다. 아니 잘 몰랐다.

그 밝음과 유쾌함과 반짝임이 어디서 오는 것인지를…….

모든 사물에 빛을 비추면 그 밝음 뒤에는 반드시 그림자가 생긴다. 마음도 그렇다. 내가 남에게 보여주고픈 밝음, 유쾌함, 반짝임 뒤에는 항상 그림자가 있었다. 알면서도 외면하고 돌봐주지 않았다. 그것이 나는 나의 부족한 부분이 아니라 그 사람의 잘못된 면이라 치부해버리고 마음을 닫았다. 하지만 이제 알겠다. 그 그림자를 알아봐 주고 인정해 주는 사람이 나보다 더 큰 사람이라는 것을.

그리고 그 모든 것이 합해져야 진정한 아름다움이라는 것을. 그림자가 가치 없는 게 아니라 모든 밝음의 자양분이라는 것을.

어쩌면 내 자녀가 나의 부족한 부분을 인식하게 해주고 더 성숙한 인간이 되라고 한다는 것을…….

동글동글한 사람

이열이

〈 떨어져도 튀는 공처럼 〉 - 정현종

살아 봐야지
쓰러지는 법이 없는 둥근
공처럼, 탄력의 나라의
왕자처럼

《 떨어져도 튀는 공처럼 》(문학과지성사, 1994) 중에서

공은 둥글다.
찌그러지지 않고 바람 빠지지 않으면 고무공은 튀어오른다.
나도 공 안의 바람처럼 꽉 차있는 사람이 되고 싶다.
떨어지면 다시 튀어오를 수 있는 뒷심있는 사람이 되고 싶다.
공처럼 둥글둥글한 사람이 되고 싶다.

세상에 다양한 사람이 존재한다.

여기저기 부딪히고 쓰러져도 튀어오르는 공처럼 살고 싶다.

익어가는 빨간 대추

한아름

〈 대추 한 알 〉 - 장석주

저게 저절로 붉어질 리는 없다.
저 안에 태풍 몇 개
저 안에 천둥 몇 개
저 안에 벼락 몇 개

《 대추 한 알 》(이야기꽃, 2015) 중에서

어느 날, 내가 살아온 날들을 생각하다보니 대추 한 알이 생각났다. 풋풋한 대추가 붉으스름하게 익어가는 것을 보면서. 지난 여름 세차게 비바람도 불었고 쨍쨍 내리쬐는 여름날의 볕도 보았다.

아지랑이 아른아른 올라오던 봄날, 예쁜 꽃이 피고 벌이 이 꽃 저 꽃의 화분을 날라주더니 아주 자그마한 생명들이 탄생했다. 대추나무에

주렁주렁 가지가 휘어질 듯 작은 것들이 무수히 매달렸다. 점점 굵어지고 탱탱하게 모양을 뽐내었다. 그 시간 속에 갑자기 추워진 날도, 칼바람처럼 쌩쌩 불던 날도. 초승달과 보름달과 지새던 날도 있다. 어쩌면 우리들 인생사와 닮은 듯하다.

이제와 돌아보니 젊은 날은 아무 것도 모르고 견디며 지나갔다. 모든 희노애락이 담겨 있었다. 그리고는 인생을 조금 알만한 나이가 되어가니 인생의 흐름이 저절로 되는 것이 없었나 보라고 지각하게 된다.

나도 대추처럼 익어가고 있나 보다.

멋모르는 푸르고 푸른 탱탱한 대추에서 붉으레 익어가고 머지않아 쪼글쪼글 맛난 대추가 되어가지 않나 생각된다.

〈 사랑 이후의 사랑 〉 - 데렉 월컷

그때가 올 것이다.
너의 집 문 앞에
너의 거울 속에 도착한 너 자신을
기쁨으로 맞이할 때가.
미소 지으며 서로를 맞이하게 될 때가.

《 시로 납치하다 》(더숲, 2018) 중에서

수많은 시간 동안 나는 나를 잃어버리고 ○○의 아내, ○○의 엄마, ○○의 며느리로 살았다. 남들 그렇게 살 듯, 정신없이 나를 잃어버린 채 앞만 보고 전력 질주하여 빨리 우승컵을 들어 올리고 싶었다. 그러나 너무 많은 것을 혼자 다 해내려고 하다 보니 난 이미 내 기력을 많이 소진시키고 말았다.

그때의 나를 보니 너무도 서러웠다. 그 누구도 나에게 그렇게 빨리 달리라고 하지 않았는데, 난 나의 결핍을 내 힘으로 바꿔 놓고 싶었던 것 같다.

어느 날 문득, 내 가정에 문제가 생겼다. 그것이 상대의 잘못인양, 우리는 갈라서고 말았다. 사춘기에 접어든 아이만 잘 키우면 된다고 생각했다. 그러나 그 모든 것은 내 생각대로 흘러가지 않았다. 그동안 몰랐던, 그 아이에게도 엄청난 상처들이 한꺼번에 곪아 터지기 시작했다. 그리고 아들은 뜻대로 되지 않는 세상과 문을 닫게 되었다.

수년을 돌고돌아 이제야 깨닫게 된다. 번 아웃된 나에게 쉼을 주라고. 좀 천천히 가도 괜찮다고. 나의 길은 이미 내 안에 정해져 있다고. 그리고 아이가 먹을 복은 아이가 가지고 태어난다는 것을……

그 무얼 더 주려고 애썼는가!

지금은 그 누군가가 아닌 너 자신에게 위로를 주라. 너 안에 있는 너 자신을 좀 더 다독여주고 사랑해 주어라. 빵도 주고 포도주도 주고 가슴을 내어주어라.

온 마음을 다하여 내 안에 있는 나에게 사랑하고 다독여준다. 그리고 이젠 내가 하고 싶은 일도 하면서 나의 삶을 살고 싶다. 나는 나를 더 사랑하고 내 삶을 더듬어 찾아가고 있는 중이다.

갈등과 선택, 나의 길

유세은

〈 가지 않은 길 〉 - 프 로 스 트

노란 숲속에 두 갈래 길 나 있어
나는 둘 다 가지 못하고
하나의 길만 걷는 것 아쉬워
수풀 속으로 굽어 사라지는 길 하나
멀리멀리 한참 서서 바라보았지.

《 가지 않은 길 》(창비, 2014) 중에서

시인은 〈가지 않은 길〉에서 '숲 속에 두 갈래 길이 있었고 두 길을 가
지 못하는 것을 못내 안타까워하고 꺾여 내려가는 한 쪽 길을 멀리 끝
까지 바라봤다.'고 했다.

오래 전 나에게도 갈라진 길이 있었을 것이다. 이쪽저쪽을 바라보며 숱한 마음의 갈등과 선택에 대한 아쉬움과 미련이 있었다. 후회가 나를 괴롭히고 어느 길은 온전히 도달하지 못하고 우왕좌왕했음을 고백해 본다.

나는 노래하는 것이 참 좋았다. 그래서 늘 친구들과 동요를, 때론 유행하는 가요들을 부르며 행복해했다. 나에게는 노래가 가장 큰 행복을 줄 것 같았다. 성악을 전공해서 멋진 성악가가 되는 꿈을 꾸었다. 그런데 예중 시험에서 너무 긴장한 나머지 가사를 까먹어버렸다. 여러 번의 기회에도 결국 해내지 못하고 꿈을 접었다.

그때의 경험은 나를 위축하게 했고 결국 많은 '기회의 길'을 만족스럽게 가지 못했다. 그런데 오랜 시간이 흘러 돌이켜 보니 그것도 아니었다. 진짜 내가 원하는 길이라면 다시 되돌아가도 되고 다른 샛길을 찾아가도 되었을 텐데 말이다. 모두가 가는 길을 그냥 그냥 따라만 가다보니 참 재미없는 길을 걸어온 듯하다.

그렇지만 돌아돌아 나는 내 길을 가고 있다. 아직 그 길은 끝나지 않았다. 새로운 이정표를 만나 용기를 내서 외로운 길도 가보고 싶다. 이젠 네비게이션이 시키는대로 가지 않고 내 뜻대로 나의 길을 가기로 한다.

삶은 어쩔 수 없이 선택대로 되지 않을 수 있지만 포기하지 않고 늦더라도 가는 걸 멈추지 않는다면 되는 거였다. 꽃길도 만나고 강도 만나고 푸른 하늘과 시원한 바람을 마주할 것이기 때문이다.

비바람이 불고 다리가 끊겨 건널 수 없는 상황을 만나더라도 '오랜 세월이 지난 후 어디선가 한숨 지으며 이야기할 것'이란 시인의 말처럼 후회하겠지만 내가 간 길은 나의 삶에서 많은 걸 바꾸었고 그래도 나쁘지 않다고 고백해 본다.

〈 선택 〉 - 니키 지오바니

내가 원하는 것을
할 수 없다면
내가 해야 할 일은
내가 원하지 않는 일을
하지 않는 것

《 시로 납치하다 》(더숲, 2018) 중에서

며느리로 엄마로 살아가며 내가 원하는 것이 무엇인지 잊고 지냈다. 하고 싶지 않은 것도 하는 수 없이 하고 싶은 일처럼 완전하게 해 내려고 욕심을 부렸다. 이것이 '내가 할 수 있는 최선의 일'이었던 것이다.

여윳돈이 없어 아이들을 데리고 놀러 나가서 '오늘은 천원의 행복이야.'라며 아이스크림 하나씩 사 먹고 들어오며 오늘의 행복을 느꼈던 순간이 떠오른다. 내가 원하는 것은 이처럼 조율도 가능했다.

그런데 어느 날 갑자기 내 중심축은 와르르 무너져 원하는 일을 하지 않았던 것이 억울했다. 갖고 싶은 것, 가고 싶은 곳, 입고 싶은 옷, 하고 싶은 일을 하지 않았던 그 순간들이 몹시 아쉬움으로 남겨졌다. 순간 짝꿍이 너무 원망스러웠다. 나는 바보였다고 나를 궁지로 몰아 넣었다.

그 억울하고 억눌렸던 내 삶을 나는 이해한다고, 나는 이겨낼 수 있다고 다독이며 살았다. 하지만 맘 한 켠에는 거짓된 나로 자리했던 거다. 그래도 거짓된 내가 우리 가족에게 안정을 주긴 한 걸까? 푸념이라도 부려볼 걸 그랬나 싶은 생각이 들지만 이 또한 악마의 속삭임이 아닐까 여긴다. 옆에 놓인 작은 행복을 기어코 찾아내려고 나는 애쓰며 살아온 거겠지.

힘겨움에 무너진 마음을 부여잡고 엉엉 울 때 억울함은 녹아든다. 나는 또 솜사탕처럼 가족이 웃을 일을 찾아 나선다. 행복이란 이정표를 바라보며.

Part 7

내가 좋아하는
노래에요

노래방에 가본지 오래 되었죠?
아이들 어릴 때 가고 못간 것 같다고요?
방송에서 트로트 열풍이 불어도
우리들 마음은 덤덤했던 것 같아요.
설거지하면서 베란다에서 화분을 돌보면서
흥얼거리던 노래도 기억이 안 나요.
뭔가 노래를 듣기는 했지만 기억하는 노래가 별로 없어요.

엄마의 엄마가 부르던 '연분홍 치마'가 생각나요.
시간이 지날수록 명곡 같아요.
노래가 무슨 위로가 되고 기쁨이 될까마는
우리에게도 노래는 위로가 되어요.
숨겨둔 노래가 있을 거예요. 잘 생각해 보세요.
아이들이 좋아하는 노래 말고
부모님이 좋아하던 노래 말고,
내가 좋아하는 노래는 뭘까요?

기억나나요?

〈 벚꽃 엔딩 〉 _ 버스커버스커

김선애

어느 해 4월.
종로에서 윤중로까지 가로수 벚꽃 길을 걸었다.
노래 가사처럼 손을 잡고 걸었다.
찬란하게 눈부신 벚꽃 길을 걸으며

'이제 우리 그만 만나자.'

이별을 말하고 싶었다.
눈부신 벚꽃이 너무 아름다워서 차마 그 말은 하지 못했다.

'그래 이별은 벚꽃이 진 후에'

해마다 4월이면 벚꽃은 핀다.
〈벚꽃 엔딩〉 노래가 흘러나오면 이별의 추억도 떠오른다.

또 다시 마음이 설렌다.

걷다가 계단을 내려오며 미끄러져 엉덩방아를 찧었다.

그 모습이 너무 웃겨 나도 웃고 그도 웃었다.

갑상선 항진증으로 살이 빠지고 있었는데

그는 마른 여자를 좋아한다고 했다.

그 말이 생각난다.

따스한 체온을 느끼며 손을 잡고 걸었다.

지나간 추억은 모두 아름답고 그리운 걸까?

이맘때면 이 노래가 들려오고 추억이 생각난다.

내가 무척 좋아했구나!

지나고 보니 아름다운 시절이다.

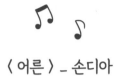

〈 어른 〉 _ 손디아

오수영

눈을 감아 보면 / 내게 보이는 내 모습 /
지치지 말고 / 잠시 멈추라고 / 갤 것 같지 않던 /
짙은 나의 어둠은 / 나를 버리면 / 모두 갤 거라고 /

이 노래는 '나의 아저씨'란 드라마를 보면서 알게 되었다. 아니 어떻게 이런 노래가? 드라마 색깔을 고스란히 녹여낸 느낌이었다. 특히 주인공 이지안(아이유)의 마음을 노래한 것 같았다. 어쩌면 이럴 수가 있나 싶은 주인공의 삶이 너무 슬퍼서, 노래가 너무 슬퍼서 울면서 보았다. 드라마가 끝나도 다시 보면서 울고 싶었다. 울고 싶을 때 또 듣고 싶은 노래다. 그래서 1시간 연속듣기를 켜 놓고 며칠을 그렇게 들었던 기억이 난다. 지금 들어도 가슴이 아리고 눈물이 나오려고 한다.

드라마에 나오는 대부분의 인물이 너무 다큐 같아서 눈물이 그냥 나온다. 누구하나 쉽게 사는 인물이 없다. 다들 이유가 있어서 그렇게 사는 것 같아 딱하고 안쓰럽고 슬프고 따뜻하고 다정하고 인간적이라 좋다. 물론 이 노래가 배경에 깔리면 더 그렇다.

가장 마음에 드는 단어는 '어른'이다. 나이로는 사회적으로는 어른이 되었지만 '내가 정작 어른인가?' '어른다운 삶을 살고 있나?' '어른답게 행동하나?' 등등 물음이 계속 생겼다. 주인공의 키다리 아저씨를 보면서 이 사람이 진짜 어른이구나 하는 생각이 들었다. 난 누군가의 어른인 적이 있었나? 돌아보게 되었다.

나의 아저씨는 책에서 시작되었다. 《키다리 아저씨》란 소설이다. 청소년 때 처음 만난 키다리 아저씨는 소설속에서 너무 멋있었다. 이런 아저씨가 나를 지켜볼 것만 같았다. 결혼을 하고도 나는 키다리 아저씨를 상상했다. 그래서 책을 다시 읽었다. 아이의 엄마가 되고도 난 키다리 아저씨를 기다렸다. 정식으로 만난 적은 없지만 나의 키다리 아저씨는 나의 아버지였고 오빠였고 남편이었고 이젠 아들이 되려고 한다. 그들로 인해 나는 키다리 아줌마가 되고 싶었다.

'어른'이란 말이 멋있게 느껴졌다. 어른이 되면? 어른이 되어서? 어른이니까? 제대로 된 어른으로 살아야겠다는 생각이 들었다. 생각이나 말이나 행동에서 부끄럽지 않는 사람이 되고 싶어졌다. 드라마 덕분이다. 부족하고 뒤뚱거리는 어른이지만 흔들리며 피는 어른이 되고 싶다. 천천히 성장하는 사람이 되고 싶다. 내 삶이 그렇게 고단하진 않았어도 '나는 내가 되고 / 별은 영원히 빛나고 / 잠들지 않는 / 꿈을 꾸고 있어.' 이렇게 말하고 싶다. 지금 어디선가 어떤 곳에서 힘들어 하는 누군가가 있다면 이 노래를 전하고 싶다.

♪ ♪

〈 돌아와요 부산항에 〉 _ 조용필

문명자

이 노래에 나오는 형제애가 좋더라고요.
목메이어 불어봐도 불러볼 수 있는 형제가 있다는 것.
그리운 내 형제가 있으면 좋겠다.
연락선을 타고 돌아오는 형제가 있으면 좋겠다.
간절히 보고 싶은 사람이 있으면 좋겠다.

이 노래를 좋아한다.
이제는 아무 것도 그리워 말자고,
생각을 하지 말자고
천년바위가 되리라.
누구에게 이해해 달라고 하지 않고
자신의 마음을 단단하게 먹고 산다는 가사가 좋다.
나도 부질없는 욕심을 버리고 나의 인생을 살아가련다.

♪ ♪

〈 기억을 걷는 시간 〉 _ 넬

진연희

　대학교 1학년 신입생. 풋풋한 네가 난 참 좋았다. 왠지 모를 결핍이
느껴지고 보살펴 주어야 할 것 같은. 그래서 자꾸 맘이 쓰이는 네가 난
참 좋았다. 그때는 그게 무슨 감정인지도 몰랐고 자꾸만 신경 쓰이는
너를 밀어내려고만 애를 썼던 것 같다. 그런 낯선 감정을 받아들이는
것이 왠지 두려웠고 인정하기 싫었다.

　그렇게 시간이 흘렀고 영영 내 기억속에서 잊혀진 줄만 알았던 시간
들이 문득 이 노래를 들으면서 떠올랐다. 감정은 그런 것이었다. 내가
무시하고 묻어두었다고 없어지는 것이 아니었다. 내가 무시한다고 없
어지는 것이 아니었다.

　그동안 무심코 들었던 노래 속에서 가사가 들리고 내 마음이 움직였
다. 음악은 그런 힘이 있는 것 같다. 내가 미쳐 알지도 못했던 감정이
가슴으로 느껴지게 만드는 능력. 평생 논리와 이성만 중시하며 살아온
나에게는 신비로운 경험이었다.

　그런 면에서 나와는 정반대인 타고난 감성을 가진 아들은 세상을 감

정으로 소통하고자 했다. 요즘에서야 아들의 이런 면이 이해된다. 그동안 우리가 왜 그렇게 어려웠는지 조금은 알겠다. 비합리적이고 마음만 앞서는 아들이 영 못마땅했는데…….

이제는 자신만이 가진 독특한 생각과 감정을 적절히 표현할 수 있는 방법만 찾는다면 그 누구도 아닌 특별한 사람이 될 수 있음을 깨달았다. 언어를 넘어선 음악으로 몸짓으로 다양한 소통의 방식이 있음을 이해하기 시작했다.

〈 도레미송 〉 _ 사운드 오브 뮤직 OST

한아름

아주 어릴 적 추억이다. 나의 우상인 아버지와 엄마, 8남매가 어느 날 극장을 갔다. 나는 유치원 정도의 나이였다. 앞자리에 일렬로 앉아서 본 처음이자 마지막 가족 영화였다. 그 당시엔 가족이 모두 영화관을 가는 것이 쉽지 않은 일이었다. 아버지를 일찍 여의고 나니 더욱 더 그립고 간절한 추억이 되었다.

아버지가 초등 저학년때 돌아가시자 우리 집은 자꾸만 작은 집으로 이사를 갔다. 그런 상황에서도 엄마는 피아노와 전축을 챙겨서 이사를 하셨다. 그 당시 레코드판도 100여 장 있어서 고등학교 때는 방송반을 하면시 추억의 팝송과 함께 나의 애창곡은 사운드 오브 뮤직이 되었다.

도레미~

도레미~

도는 하얀 도와지

레는 둥근 레코드…….

　이 노래를 들으면 가족들과 처음 갔던 영화관의 모습과 대비된다. 그 땐 큰 언니도 대학생이 되기 전이었던 것 같다. 모두 어렸다.

　나이 60이 되고 보니 이런 작은 추억이 역경 속에서도 큰 힘이 되어 주는 것 같다. 지금도 이 노래를 들으면 그때가 생각나 미소 짓게 되어 참 좋다.

〈 러브 포엠 〉_ 아이유

유세은

누군가 내 뒤에서 바라봐 준다는 건 참 마음 든든하고 고마운 일이다.

마음 쓰이지 않고 하려고 숨죽이고 속삭이는 말처럼 말이다.

'괜찮아.' '내가 여기 있다.' 토닥여 주면 사랑이 가슴에 자리한다.

누군가에게 받았던 위로가 이제는 다른이에게 옮겨지길 바란다.

나의 애씀보다 누군가의 애씀으로 인해 마음의 평화를 얻기를 바라고 바란다.

이제야 나를 위해 숨죽여 애썼던 많은 이의 수고가 고마움으로 느껴진다.

그로 인해 마음에 안정이 오고 나면 나처럼 그러하겠지.

미련스럽게 늦게서야 알아차려 위로가 상처가 되기도 한다.

그래도 고의가 아님을 우리는 말 안해도 알지.

아들아! 너를 위한 사랑의 노래를 불러본다.

너의 뒷모습을 바라보며

너에게 나의 노래가 들리지 않더라도 가 닿기를 바란다.

처음 네 방문이 닫힌 날,

네 방은 어두운 동굴인줄 알고 엄마는 절망했단다.

마음이 너무 아프고 그리고 미안했다.

내가 무슨 짓을 한 건지 싶어 생각하고 생각했다.

지금 네 방문은 열렸지만 마음의 문까지는 아직 남았구나.

너의 방은 암흑처럼 어두운 동굴이 아닌 빛을 향해 달리는 터널 같다.

내가 널 향해 부르는 이 노래가

때론 너에게 가닿지 않아 마음이 쓰리고 아프지만

너에게 갈 시간이 필요한지도 모르겠다.

그래도 난 늘 그 자리에서 너를 향해 노래를 부를게.

다른 무언가가 너를 아프게 하지 못하도록 말이야.

Part 8

스치는 느낌을 잡아
글로 옮겨 보아요.

살다 보니 마음에 남는 말들이 있어요.
특별한 이유도 없이 그냥,
눈앞에 떠오르는 순간들이 있잖아요.
내 삶에 끼어든 순간들을 차분히 들여다보아요.

오늘은 그런 말을 따라 기억을 더듬어 볼 거에요.
좋았던 기억도 아련한 추억도 좋아요.
그 또한 우리가 머물렀던 시간이니까요.
이런 따뜻한 순간들이 모여 지금의 내가 되었잖아요.

긴장하지 말고 바람처럼 스치는 느낌을
잡아 글로 옮겨보아요.
나의 소중한 영혼이 머물던 순간 속으로 들어가요.
우리는 그런 소중한 사람이거든요.

제2의 인생, 운전

김선애

운전을 하다가도 손을 놓아야 할 나이에 나는 운전을 배우겠다고 했다.

"배우려면 젊었을 때 했어야지."

아들은 탐탁치 않게 생각하는지 투덜거렸다.
나를 걱정한다는 마음의 소리를 이렇게 말한건가?
하지만 섭섭했다.

'응원 좀 해주면 어때, 정말 멋없어.'

정년을 앞두고 제2의 직업을 가지려면 운전은 필수라는 생각이 들었다.
지금껏 불편함을 모르고 살았지만 이제는 내가 직접 해야겠다는 생각을 한다.
면허증을 따고 연수를 시작했다.

무식이 용감이라고.

아주 신나고 재밌게 운전을 했다.

자동차 보험도 가족 추가로 가입했다.

내가 강심장인가 보다.

운전이 별로 무섭지 않았다.

나의 운동신경과 감각이 좋았나?

새로운 발견이다.

'난 못하는 게 별로 없구나.'

다만 시작하지 않았을 뿐이었다.

이제부터는 겁내지 말고 뭐든지 해보련다.

제2의 인생을 위하여 화이팅!

소중하고 감사한 전화 통화

김선애

아들!

얼마만에 통화하는 거야? 백만 년인 듯해.

목소리 듣고 싶었어.

보고 싶어. 잘 있는 거지?

지방에 내려간 아들에게 전화를 하였다.

받지는 않고 카톡으로 답장이 왔다.

그래. 전화는 안 받아서 섭섭하지만 톡으로 답장을 해주어 얼마나 다행인가.

'시간 될 때 전화해줘.'

메시지를 남겼더니 6일 만에 아들과 통화를 하였다.

진작에 이런 말을 남길 걸…….

통화를 하면서 호들갑을 떨었던 것 같다.

평소에 나댄다고, 시끄러워 싫다고는 했지만,

보고 싶다고 언제 오냐고 들이댔다.

엄마의 안부와 걱정이 싫지만은 않은지 들어주었다.

한 번의 전화 통화가 얼마나 소중하고 감사한지 모르겠다.

오랫동안 감동으로 남을 것 같다.

진심어린 마음을 표현하는 게 어려운 것도 아닌데,

난 그동안 표현이 투박했다.

이것도 훈련과 노력이 필요한 것 같다.

10년을 다닌 미용실

김선애

난 목동으로 이사를 했지만 전에 살던 동네 미용실을 다닌다.

이사를 하고 미용실을 바꾸고 실패를 했기 때문이다.

머릿결이 완전히 상해서 아무리 좋은 헤어컨디셔너랑 클리닉 제품을 써도 회복이 되지 않았다.

그래서 전에 다니던 미용실을 찾아간 거다.

10여년을 다녔던 곳이다.

오랜만에 만난 미용실 원장님은 흰머리에 머릿결도 상한 내 모습에 아쉬워했다.

미용실 거울은 너무 적나라했다.

조명도 밝고 햇빛도 환해서 결점을 감출 수가 없었다.

나 혼자 나를 지키는 건 어려운 일 같다.

염색으로 흰머리를 감추고 나니 5년은 젊어진 것 같아 기분이 좋았다.

미용실이 사라지지 않는 한 이곳으로 다닐 것이다.

'봄날' 같은 내 공간

오수영

나는 내 공간에 대한 로망이 있다. 결혼을 하고 나니 항상 남편과 같이 생활해야 한다는 데 거부감이 들었다. 남편은 좋은데 그렇다고 나를 잃어버리고 싶진 않았다. 그래서 나를 잃지 않게 해주는 공간이 있으면 좋겠다는 생각을 했다. 그게 내 공간이었다. 아이가 생기고 생업이 바쁘다 보니 잊고 살았다. 가끔 나를 찾고 싶을 땐 내 공간을 생각했다. 가장 쉽게 만들 수 있는 곳이 부엌이었다. 그래서 식탁을 좋은 것으로 마련하고 컴퓨터도 가져도 놓고 책도 놓았지만 내 공간이 되지 않았다. 아이들 책상으로 변해버렸다. 아이들이 크면서도 책상인지 식탁인지 모르는 공간이 되었다.

베란다를 깔끔하게 꾸며보았다. 바닥에 카펫을 깔고 앉은뱅이 책상을 놓아보았지만 겨울과 여름엔 힘들었다. 식구 수보다 많은 방이 딸린 집을 구해야 했다. 열심히 일했지만 방 개수를 늘린다는 게 쉽지 않았다. 처음부터 존재할 수 없는 구조였다. 집이 넓어지면 거실만 커졌지 방 개수가 늘어나는 건 아니었다.

집에서 내 공간을 만들지 못한다면 동네 카페를 내 공간으로 쓰면 어떨까란 생각이 들었다. 잠깐이라도 나가서 책을 읽거나 글을 쓰면 좋겠다고 생각했다. 이도저도 아니라면 그냥 멍이라도 때리고 오면 좋을 것 같았다. 그러나 이것도 한 때였다. 커피값이 아깝다는 생각이 들었다. 그럼 또 무너졌다. 내 의지만 있다면 어디서든 불가능할까? 맞다. 장소의 문제는 아니다. 그런데 난 공간이 중요했다.

한 번은 독서실도 다녔다. 한 달 정기권을 끊어서 밤 시간에 다녔다. 뭔가 시험 준비생 같아서 며칠은 좋았지만 나중엔 내가 뭐하는 짓인가 싶어서 포기했다. 밤마다 외출을 하는 내가 남편이 보기엔 이상했다고 한다. 시험준비라면 이해했을 것 같은데 이건 밑도 끝도 없는 그냥 혼자 있는 시간이다. 혼자서 이것 저것하며 노는 거다. 결과물이 있을 것도 없는 일이다. 그러니 누가 봐도 나의 행동은 이상할 수 있다.

지금도 난 내 공간을 꿈꾼다. 물론 나 혼자 있을 공간이 없는 것은 아닌데 내 물건만 존재하는 그런 곳은 아니다. 남편 서재 겸 내 공부방이니 엄밀히 말하면 내 공간만은 아닌 것이다. 내가 좋아하는 물건만 있어야 한다. 내가 좋아하는 넓은 원목 책상과 소파, 심플한 부엌과 그림이 걸린 벽과 창문 하나. 이 정도면 된다. 초록벽지를 바르고 원색 소파를 놓고 다른 물건은 별로 없는 공간이면 좋겠다. 커피향이 은은히 나고 노트북 하나만 있으면 된다. 책장에는 내가 읽고 싶은 책들이 나를 기다리면 좋겠다. 가끔 마음 맞는 사람들과 독서모임을 하고 글쓰기 수업을 하고 조용히 혼자 머물 수 있는 공간. 해지는 풍경이 보이고 빗소리가 들리는 넓은 창문이 있어서 감정이 울렁거려도 좋을 것 같다.

그런 곳이라면 내가 나와 온전히 함께 할 수 있을 것 같다. 명상을 따로 하지 않아도 되고 숨을 빨리 쉬지 않아도 되고 생각대로 행동할 수 있는 삶을 살 것 같다. 내 공간이 생기면 이름도 지어줄 거다. '봄날'이라고 짓고 싶다. 언제인지는 몰라도 꼭 생길 것 같다. 그 곳에 있는 내가 행복해 보인다.

몸에 흐르는 어떤 힘, 엄마

오수영

아이를 낳고 엄마란 말을 듣기 시작했다. 특별한 계획없이 그렇게 되었다. 아이를 막 낳았단 말은 아니다. 내가 엄마란 역할을 하게 된 걸 말하는 거다. 그냥 엄마가 되느냐 좋은 엄마가 되느냐의 문제도 아니다. 엄마로서 내가 부여받은 역할 때문이다. 한 번도 '엄마'란 역할에 대한 강의를 듣거나 공부를 하지 않았다. 엄마가 되면 어떻게 살 거란 계획도 없었다. 내 엄마에게 엄마가 되면 이렇게 하거라, 그런 메시지도 받은 게 없다. 오직 몸속에 흐르는 어떤 힘으로만 전해진 채 엄마가 된 것 같다.

엄마란 말을 듣는 것이 좋았다. 아가의 삭은 입에서 듣는 오묘한 소리의 음가인 '엄마'란 말은 세상에서 처음 들어보는 소리 그 자체였다. 천사의 목소리 같다. 그냥 그 소리만 들어도 몸이 저절로 알아서 움직였던 것 같다. 우는 소리도 옹알거리는 소리도 모두 나를 부르는 '엄마'란 소리처럼 들렸다. 어떤 마법과도 같은 소리였다. 내가 지쳐 쓰러져 있거나 잘 때도 그 소리는 나를 깨우고 나를 벌떡 일으켰다. 지나고 보니 굉장한 말이다, 엄마라는 말은.

아이에게 듣는 '엄마'란 말은 이상한 에너지가 느껴진다. 내 몸도 움직이지만 내 영혼까지 불러낸다. 그래서 함부로 무시하지 못하게 된다. 아이가 나를 부를 때마다 난 엄마란 나무가 되어 자랐다. 씨앗에서 싹이 트고 가지가 생기고 꽃이 피고 잎이 났다. 어느덧 무성한 엄마 나무가 되었다. 내 엄마 나무보다 더 큰 것 같다.

그런데 가끔은 엄마 나무인 나에게 묻는다. 이렇게 살면 되는지? 이런 마음이면 되는지? 여전히 부족하고 연약해서 흔들리는 나 자신에게 이런 엄마여도 괜찮은지 묻게 된다. 언제쯤 답할지도 모르겠으나 궁금하다. 아주 작은 아이가 처음 내게 지어준 엄마란 이름의 무게를 느끼는 요즘이다. 아이가 클수록 더 그런 생각이 든다. 엄마니까 알아서 하는 건 없다. 엄마니까 하려고 노력하는 중인 거다. 이 흔들리는 엄마 나무를 위해 지금도 계속 엄마라고 불러주는 아이가 고맙다. 덕분에 엄마 나무도 자라는 중이라고 전하고 싶다.

노란색 알약

문명자

26세부터 계속 먹고 있는 약이 있다.

노란색 조그마한 알약이다.

지금까지 계속 하루에 한 개씩 먹는다.

먹어도 확 좋아지는 느낌도 없지만 먹어야 한다.

일부러 몇 번 안 먹어본 적이 있는데 역시 피곤했다.

그래서 또 약을 먹기 시작했다.

매일 먹으니 어떤 날은 먹었는지 안 먹었는지 모르게 된다.

그랬을 때는 그날 기분에 따라 먹든지 안 먹든지 정한다.

진짜 갑상선에 안 좋은지 이렇게 되는지 모르겠다.

6개월 정도에 한 번 혈액검사를 하는데 항상 정상이다.

역시 약을 먹어야 하나 보다.

나만 아는 나만의 길

문명자

바다에 가고 싶다.

바다는 신기하다.

하늘에서 하늘색을 옮겼는가?

바다는 항상 하늘색이다.

수평선이 보이는데 거기서 하늘과 바다가 구분이 된다.

바다도 하늘도 공통점이 있다.

그건 그 속에 뭐가 있는지 쉽게 알 수 없다는 것이다.

하늘에도 바다에도 길이 있다고 한다.

하늘에선 비행하는 길이 있고

바다에선 어부들이 다니는 길이 있고

일반 사람들이 모르는 길이 있다.

그러나 나는 그 길을 모르고도 충분히 살 수 있다.

아는 사람만 아는 길이 있는 것처럼

나만 아는 것도 있을 것이다.

엄청난 힘, 나눔

문명자

나는 뭘 나눌 수 있을까?

이야기를 나누고 시간을 나누고 기쁨을 나눌 수 있다.

음식을 나누고 경험을 나누고……

더 있겠지.

어차피 나눈다면 제한없이 무한 리필로 하면 좋겠다.

나눔을 닮은 사람들도 또 나누게 되면 나눔의 세계가 열리겠지.

그 나눔이 점점 크게 되면 엄청난 힘이 된다.

가난한 나라가 없어지고 슬픈 사람도 없어지고,

어디를 가도 만사형통이다.

이제 불안함, 갈등, 슬픔의 틀에서 나가야겠다.

이제 나누면서 살아야겠다.

나눔의 인생을 살아야겠다.

스마트한 동반자, 핸드폰

진연희

　나는 핸드폰을 습관적으로 들여다본다. 많이 쓰고 중요한 정보를 읽고 찾는 데 쓰다 보니 그만큼 자주 어디 두었는지 순간적으로 잊어버리기도 한다. 한시도 놓지 못할만큼 습관적으로 들여다 보고 있었지만 정작 하루 종일 무슨 내용을 보았는지 눈 감고 생각해보면 기억에 남는 것은 하나도 없다.

　하지만 아들의 은둔이 시작되고 온통 내 관심사가 여기로 쏠리다 보니 핸드폰의 용도도 달라졌다. 어떻게 하면 아들을 이해할 수 있을지? 어떤 마음의 문제가 있었는지? 어떻게 하면 도움을 받을 수 있을지? 지금 당장 어디 가서 하소연할 수 있을지? 등등.

　모든 정보를 절실한 심정으로 찾게 되었다. 일하면서도 여러 정보를 끊임없이 찾아볼 수 있고, 내가 알지도 못하는 알고리즘으로 늘상 나를 위해 새로운 세계로 인도해 주는 핸드폰이 이제는 단순한 킬링타임용이나 심심풀이가 아니라 내 인생에 꼭 필요한 스마트한 동반자 같다.

위로가 되어준 반려견

진연희

아들의 은둔이 시작되고 삭막해진 집안 분위기를 변화시켜 보고자 반려견을 입양했다. 반려견을 입양하던 날 아들은 휑한 눈과 바싹 마른 입술을 깨물며 '내가 지금 나 하나도 버거워서 감당을 못하겠는데 갑자기 무슨 강아지야, 난 책임 못져.'라며 건조한 목소리로 말을 했다. 그래도 내심 막상 집에 데려가서 밥도 주고 눈도 마주치고 정이 들면 누구보다 사랑해 줄거라 생각했다.

하지만 아들은 방 밖으로 잘 나오지 않았다. 강아지는 밥과 간식을 챙겨주는 나한테만 껌딱지처럼 붙어있었다.

처음에는 입양한 의도와 너무 달라져서 당황스럽고 이런 귀여운 생명체에게조차 눈길을 주지 않는 아들이 잘 이해되지 않았다. 하루가 흐르고 몇 달 그리고 3년이 흘렀다. 결국 강아지는 지친 몸을 끌고 퇴근한 나를 꼬리가 떨어져라 반겨주는 유일한 나의 보물이자 위안이 되었다.

긴 동굴을 조금 빠져나온 아들은 이제 자신이 이름 지어 준 그 강아지에게 조금씩 다가서려고 노력 중이다. 서로 시간이 걸리겠지만 마음을 좀 나누려는 아들이 고맙다. 그리고 지난 시간 나의 위로가 되어 준 '아리'가 정말 고맙고 사랑스럽다.

지지하고 응원하는 독립

진연희

'자식 양육의 최종목표는 완전한 독립이다.' 오은영 박사님이 늘 하시는 말씀이다. 너무나 당연한 이야기지만 현실에서는 이게 만만한 일이아니다. 정서적, 신체적, 경제적 자립이 독립의 기본조건이라고 생각한다. 그래서 그 준비기간을 충분히 갖고 부모가 지원해줄 수 있는 데까지 해주는 것이 의무라고 생각한다.

하지만 아들은 지금 이 세 가지 모두가 없음에도 물리적 독립, 정서적 독립을 강력히 원하고 있다. 처음에는 너무 당황스럽고 지금은 아니다라는 생각이 강했다. 그런데 하루 이틀 지나면서 생각이 바뀌고 있다. 무슨 일이긴 정해진 때란 없고 완벽한 준비란 있을 수 없는 법이다. 나가서 자립에 성공한다면 더할 나위없이 좋은 일이겠지만, 그게 아니면 또 어떠랴. 경험해보지 않는 것보다는 그래도 느끼고 배우고 돌아오는 게 있지 않겠는가. 품 안의 자식이란 말이 실감나는 요즘이다. 막상 떠나보내려니 내가 더 불안해서 잡으려고 하는 건 아닌지 돌아본다.

아들아, 나의 걱정은 여기까지고 너의 독립을 지지하고 응원한다.

나를 찾아가는 여정

진연희

내 나이 52세, 나는 예전 생물시간에 배운 탄생, 유아기, 성장기, 성인기, 장년기, 노년기라는 틀 안에 인간의 인생주기가 맞춰진다고 생각했다. 청소년기 초기 성인기를 지나면 더 이상의 성장은 없다고 생각했다. 하지만 반백 년을 살아오면서 내가 느낀 것은 이제까지 나는 한 번도 성장을 멈춘 적이 없다는 것이다. 아니 어쩌면 어렸을 때는 자고 나면 크는 키처럼 자연적으로 주어지는 것이었다면 나이가 들어서 하는 성장은 내적 성장으로 자연히 주어지지 않는다는 것이다.

고통을 통한 성장이라고나 할까? 부부갈등이 극심해져 이혼을 생각할 때도, 은둔을 하는 아들을 보며 엄습해 오는 불안에 덜덜 떨릴 때도 그저 악몽이기를 바랬다. 눈을 뜨면 원래 상태로 돌아가기를 원했지만 현실은 내 바람과는 달랐다.

하지만 폭주하는 내 감정을 멈추고 상대방을 다시 들여다보고 방법을 생각하다 보면 어느새 조금은 자라있는 내 모습을 본다. 그렇게 인생은 쉽게 성장과 발전을 허락하지 않는다. 천천히 노력하다 보면 안 보이던 길이 열리고, 도저히 이해 안 되던 남편과 아들도 제풀에 지쳐 쓰러져 있는 모습으로 보이기 시작한다.

성장이란 또 다른 말로 내 안에 있는 현재의 나보다 조금은 더 지혜롭고 현명하며 연민을 가진 본연의 나를 찾아가는 여정이 아닐까 싶다.

기분 좋은 두려움과 기대

진연희

　나는 외국여행을 참 좋아한다. 여행 계획을 세우며 짐을 챙기고 설레는 마음으로 공항리무진을 타고 내리면 코끝에 스치는 공기만으로도 이미 내 마음은 충만하다. 앞으로 어떤 일이 일어날지 알 수 없는 기분좋은 두려움과 기대가 교차하는 그 순간이 너무나 즐겁다. 현지에 내리자마자 느끼는 낯선 공기와 이질감도 잠시 새로운 곳에 대한 호기심이 나를 자극한다.

　사람들 생긴 것도 다르고 간판도 다르고 문화도 다르지만 기꺼이 배우고 싶다.

　이곳에는 어떤 사람들이 살고 어떤 문화적 배경이 있으며 어떤 점을 서로 나누고 교류할 수 있을까 하는 생각에 들뜬다. 그래서 개인적으로는 패키지보다는 개인여행과 현지생활을 선호한다. 요즘은 그 어떤 것도 좋다.

　나이가 들고 생활에 찌들리면서 점점 기회가 없어지지만 기회는 만들기 나름 아닌가. 조만간 가까운 곳이라도 다녀와야겠다.

우리 집 선물

이열이

　어릴 적 마당에서 키웠던 똥강아지가 기억난다. 키운 것도 아닌 그냥 집과 함께 있었다. 난 지금 '송이'라는 강아지를 키운다. 아이 때문에 키운다고 말하지만 사실 나도 키우고 싶었다. 무뚝뚝한 아들들, 주말과 평일도 바쁜 남편, 나는 언제부터인가 혼자 있는 시간이 많아졌다.

　TV를 보고 친구를 만나고, 유튜브를 보고, 요리를 하고 뭐를 하고……. 바쁘게 지내도 가슴 한 구석에 공허함이 있었다. 그때 '송이'가 우리집에 와서 너무 고마웠다.

　가족을 이유 삼아 내 마음을 치유하고 '송이'한테 하소연도 한다. 꼬리를 흔드는 모습에 한 번 너 웃는다. 우리 집에 선물처럼 와 준 '송이'가 고맙다.

희망의 신호, 봄

이열이

봄은 늘 새로운 시작이다. 뭔가 할 수 있다는 설레임과 희망, 따사로운 바람, 하늘, 신입. 떠오르는 단어가 많다. 내 생일도 봄이라 봄이 너무 좋다. 무언가 다 해낼 수 있고 도전할 수 있는 기운이 도는 계절이다.

아지랑이 피고 새싹이 돋아나고 우리 삶에 희망의 신호가 오고 있다.

선물 같은 비

이열이

비가 내린다. 하늘에서 내린다. 당연히 하늘에서 떨어진다. 비가 내리면 우산을 써야 하니 귀찮다. 가뭄이 들 때는 비를 기다린다.

사람의 마음도 비슷할 것 같다. 있을 땐 고마움을 모르다가 막상 없으면 간절히 '미안해.' 용서를 구한다. 하늘에 빌기도 한다.

비는 하늘에서 내려준 선물이다. 아무런 댓가없이 사람, 식물, 동물까지 온 지구에 없어서는 안 될 보물이다.

남편을 처음 만나는 날 비가 내렸다. 우산을 같이 쓰니 더 가까워진 느낌이었다. 작은 우산이라는 공간에 우리 둘만 있다는 생각이 더 설레었던 것 같다.

오랜 만에 친구들과 바닷가에 놀러 가던 날 갑자기 소나기가 내렸다. 엉청 큰 빗방울에 머리와 어깨까지 온몸으로 맞으니 아프기도 하면서 색다른 느낌이었다. 언제 내가 온몸으로 비를 맞아보나 하는 생각에 그 날은 수영도 하였다. 비 마사지 받는다는 느낌으로 즐겼던 기억이 난다.

비가 준 선물이다.

고생한 내 손에게 선물

이열이

난 어려서부터 손이 작고 예쁘다는 말을 자주 들었다.

40대 후반이지만 지금도 종종 듣곤 한다.

얼굴 예쁘다는 이야기를 듣고 싶지만 그래도 신체 중에 제일 쓰임이 많은 손이라도 이쁘니 얼마나 고마운 줄 모른다. 하지만 언제부터인가 손끝이 갈라지고 간지러우며 거칠거칠해졌다.

핏줄이 다 보일 정도로 울퉁불퉁하고 못생긴 손이 되었다.

며칠 전 고생한 내 손에게 선물을 줬다.

비싸진 않지만 백화점 매장에서 샀다.

왕관 모양에 큐빅이 박힌 반지다.

직원의 말 한마디에 기분도 좋아서 샀다.

이거 웬만한 사람에게 잘 어울리지 않는데 주인이 여기 있었다고 한다.

손이 가늘고 예쁘다고. 크크

'손아 고생했어. 앞으로도 조금만 더 수고해 줘.'

오늘따라 약지에 끼워진 반지가 다이아보다도 더 빛나는 듯하다.

미숙한 어른아이, 엄마

한아름

나의 엄마.

살아계시면 아마 95세는 되셨을 거다. 얼마 전 가족들과 톡방에 부모님 제사와 관련하여 의견이 분분했다. 그때서야 울 엄마가 돌아가신 지 25년이 되셨다는 것을 알았다. 곱디고운 울 엄마는 그 시절에 중학교를 나오셨다. 도청에서 타이피스트로 근무하셨다고 한다.

옛 어른들이 그러하듯 18살에 집안 어른의 중매로 키 크고 핸섬한 아빠를 만나 결혼하고 8남매를 두셨다. 아버지는 사업을 하시다가 광주 중심가에 큰 불이 나면서 집안 가세가 기울어지고 아버지는 돌아가셨다.

그때가 70년대 초반이었다. 엄마는 부잣집 막내딸로 귀하게 자라서 그런지 돈 버는 일은 잼병이셨다. 평생 자식들 뒷바라지 하는 것 밖에 할 줄 몰랐다. 그 덕에 자식들은 각자도생하여 살고 있다.

난 내가 결혼할 때 엄마하고 많이 싸웠다. 80년대 후반에는 결혼한 여성들도 직장생활을 많이 하였다. 우리 자매들 모두 전업주부가 아닌 직장인으로 생활하였다. 어쩌면 엄마는 아무도 당신의 마음을 헤아려 주는 자식이 없어서 쓸쓸하셨으리라.

내가 엄마 나이가 되니 엄마도 그 누구에게 당신의 마음을 터놓지 못한 미숙한 어른아이였단 생각이 든다. 그래서 엄마에게 미안하다.

직장 생활하랴, 애 키우랴. IMF 때는 언제 그만두어야할지 모르는 직장 상황에 엄마의 애달픈 소리를 들어주지 못했다.

"엄마, 나도 이 집 며느리야. 나도 며느리라고. 이제 그만해."

이 말을 하고 얼마 되지 않아 엄마가 세상을 떠나셨다. 잊은 줄 알았는데 최근 엄마 제사 25주년에 생각이 났다. 마지막 제사라고 했을 때, "오빠 애썼어. 이제 그만해도 돼. 충분히 했어. 엄마도 이해하실 거야." 라며 오빠 편을 들었다.

어느 집이나 이런 얘깃거리가 있을 거다.

갑자기 일찍 돌아가신 엄마에게 하고픈 말이 생각난다.

"엄마, 미안해.
근데 내 맘 알지?
우리 형제들
각자 자기 인생 잘 살고 있어.
걱정 마!"

종교를 잡고 견딘 시간들

한아름

어릴 적에는 가족 모두가 교회를 다녔다.

그때 목사님은 사돈 어른이 되셨다. 넷째 언니가 목사님 아들과 결혼을 하였다. 세월이 흘러 몇몇은 기독교 장로가 되고 난 성당을 다녔다. 1년간 교리 공부를 하고 세례받는 날 일 때문에 지각을 하였다. 관광가이드 생활을 하던 난 성당 중요한 행사때마다 지각을 하였고 그로 인해 불편한 시선으로 성당을 안 나갔다.

그리고 인연을 맺은 것이 정토회였다. 좋았던 것은 기초 공부 1년 동안 내 스케줄에 맞는 지부에서 수업을 듣고 인정을 받는 시스템이다. 나 같은 사람에게는 합리적인 시스템이었다. 그렇게 1년 동안 불교대학을 다니며 눈물을 많이 흘렸다. 매번 같은 곳이 아니라 편하게 울었던 것 같다. 법당에 들어서면 눈물이 났다. 108배를 할 때마다 나를 내려놓는 연습을 많이 했다.

몇 년 동안 무릎 아픈 줄 모르고 나는 절에 매달렸다. 물론 지금도 인연을 맺고 있다. 참 많은 것을 배웠고 성숙해졌다. 나를 성장시킬 수 있는 시간이었다.

살다 보면 아주 힘든 골짜기를 지날 때가 있을 것이다. 그때는 꼭 종교를 붙잡고 견디라고 후배들에게 말해주고 싶다.

즐거운 놀이, 등산

한아름

나의 20대는 고민이 참 많았다. 일찍 직장에 들어가 잘 다녔다. 남들은 부러워하는 직장이었지만 토요일도 일요일도 근무를 하고 12월 31일은 항상 밤을 새고 근무하던 때였다.

그러다가 봄, 여름, 가을에는 토요일마다 동기들이랑 등산을 갔다. 배낭을 메고 출근해서 근무 끝나자마자 우리는 고속버스터미널로 달렸다. 모든 스케줄 담당은 나였다.

처음 가는 등산 코스도 버스만 타면 되었다. 유명한 산 근처 민박집에서 밥을 해먹고 아침에 산을 올랐다. 버너, 코펠을 지고 산에 올랐다. 무수한 고독을 씹었다. 한적하고 물 좋은 곳에서 점심을 해 먹고 산을 내려와 집으로 돌아왔다.

나는 20대를 친구들과 자주 등산을 하며 집을 탈출하여 세상을 탐색하였다. 산에서 만난 사람들은 모두 친절했고 무거운 짐도 대신 짊어주는 경우도 많았다. 로맨스는 없었지만 나의 젊음을 등산을 다니며 풀었던 것 같다.

이제는 산을 오르기에 무리가 된다. 둘레길이나 동네 어귀를 돌면 좋다. 그마저도 자주 갈 수 있었으면 좋겠다. 시절마다 젊은 사람들의 놀이가 다르다. 그 때는 그랬고 나에게 등산은 즐거운 놀이였다.

아들의 동생이자 친구, 반려묘

한아름

2007년, 1년째 고양이와 강아지 기르는 것에 의견이 아들과는 달랐다. 그러던 어느날 아들은 홍대에 가자고 했다. 그때 나는 고양이라면 할퀴고 무서울 거라는 편견이 있었다. 그런데 너무도 얌전하고 예쁜 냥이들이 많았다. 제각각 눈빛도 달랐다. 어떤 아이는 곁을 주지 않았고 어떤 아이는 자꾸 와서 관심을 달라고 한다. 그곳을 방문하고 고양이에 대한 나의 편견이 있음을 깨달았다. 고양이 관리는 아들이 하기로 하고 본격적으로 인터넷을 뒤졌다. 아들은 애묘관리에 대한 책을 사서 읽었다.

대학원생이 키우던 삼 종류의 새끼고양이를 분양하게 되었다. 꽁냥꽁냥 너무도 귀엽고 예쁜 샴고양이었다. 그렇게 인연이 되어 16년째 같이 살고 있는 우리집 둘째가 되었다. 잿빛털에 단모인 샴고양이로 인해 웃는다. 애교 만점이다. 아들이 컴퓨터에 앉아 있으면 아들의 무릎이 자기의 안식처이다. 가끔 자기를 봐 달라며 "야옹"거린다.

요즘은 아들이 인턴직원으로 출근을 하게 되니 퇴근시간마다 현관

문 앞에 앉아 기다린다. '오빠 언제 오냥?' 하는 것 같다. 내가 이상한 건지 우리 집 고양이가 이상한 건지 대화가 된다.

아들이 불안해 할 때 고양이는 동생이나 친구, 애착인형 역할을 해 주었다. 그 덕에 다음 크리스마스 때는 또 입양을 하였다. 유기묘인 흰색 송코샷이다. 표현이 서툰 셋째가 가족이 된 것이다.

언니였고 든든한 후원자였던 엄마

유세은

우리 엄마는 2007년에 돌아가셨다. 지금 내 나이쯤 되었을 때 뇌출혈로 쓰러지셨다. 초기에 잡지 못해 뇌수술 후 8년을 침대에서 지내시다가 '내일 올게.'라는 인사를 남기고 하느님 곁으로 가셨다.

난 여자 형제가 없어서 엄마가 내 언니였고 마음을 의지하는 든든한 후원자였다. 늘 나를 응원해 주셨고 크게 혼내시는 법이 없었다. 큰 애를 낳았을 때는 힘이 들어도 손녀를 데리고 친구 모임에 가서 자랑을 하셨다. 어느 날 아파트 입구에서 보았다. 녹초가 되어 잠든 손녀를 데리고 들어오지 못하는 엄마를 보며 새삼 느꼈다.

'애고, 이젠 엄마도 늙어가시는구나.'

그래도 아이를 키우며 힘들 땐 쪼르르 엄마에게 달려가곤 했다. 울막둥이는 할머니가 쓰러져 침상에서 지낼 때 태어났다. 건강하셨다면 엄청 이뻐해 주셨을 텐데……. 어머니가 살아 계셨다면 힘들어 하는 아들에게 든든한 후원자가 되어 주셨을 텐데 너무 아쉽다. 그래서 더 생각이 많이 난다.

나의 아쉬움, 피아노

유세은

　나는 결혼하며 두고 온 피아노를 딸이 유치원을 다닐 즈음 가지고 왔다. 큰 애는 피아노를 너무 좋아해서 성당에서 반주를 할 만큼 실력이 좋았다. 반면에 둘째 딸은 바이엘을 2년 넘게 치고 결국 그만두었다.

　피아노 학원 대신 태권도를 택한 막내는 가끔씩 피아노로 천둥치는 소리, 바람소리를 흉내내며 즐거워했다.

　지금 은둔하는 아들은 작곡을 배운다. 그래서 피아노를 최근에 배웠는데 제법 악상을 떠올려 리듬을 맞추는 연주를 한다. 이렇게 배우게 될 줄 알았다면 피아노는 처분하지 않았을 걸……. 집이 좁아지면서 처리 대상 1호가 된 거다.

　집에서 사라진 그 피아노는 나중에 알았지만 나보다 딸이 더 아쉬워했다. 나처럼 딸도 어린 시절의 추억이 담긴 보물이 사라졌다며 아쉬워하는 글을 우연히 읽었다. 그 아쉬움은 내 안에도 있었음을 그때 알게 되었다.

내 마음의 공간

유세은

오랫동안 꿈꾸던 내 공간을 조그마하게 마련했다.
그런데 그 공간은 처참하다.
우편물이 쌓이고 먼지가 쌓이고 내 계획과는 다른 자리로 변했다.
공간의 문제가 아닌가 보다.
그 자리가 내 자리가 아닌 걸까?
시간이 잠시 생겨도 나는 그냥 이불 속에 누워 있을 때가 더 많다.
아마 피로 때문인지 의자에 앉는 게 쉽지 않다.
아니면 마음이 어디에도 붙어있지 못해서일까?
내 마음에 나만의 공간부터 만들어야 할 듯 싶다.

가장 필요한 답례, 고마워

유세은

나는 우리 아이들이 고맙고 자랑스럽고 늘 감동이다.

자주 이모티콘으로 '오늘도 행복하자, 파이팅'을 날리지만 고맙다는 말을 빠뜨리지 않고 답을 하려고 애쓴다. 결혼해서 남편은 감정표현을 잘 하지 않았다. 그래서 늘 답답하고 궁금하곤 했다. 분명 고맙다거나 미안하다고 해야 하는데 시치미를 뚝! 하고 그냥 지나치기 일쑤였다.

그러던 남편이 요즘은 딸들에게 날마다 문자와 이모티콘을 날린다. '보고 싶다.'고 한다. 으이그, 나이 먹으니 반대로 하는군 싶다.

그런데 난 오히려 반대다. '보고 싶다. 뭐가 필요하다.' 이런 말을 더 못하고 산다. 무언가 내가 더 해줘야 하는데 그러지 못해서 그런가?

자신의 삶을 잘 헤쳐가야 할 아이들에게 부담을 주기 싫어서다. 그럼에도 불구하고 아이들이 도움을 주거나 맛난 거 사 먹으라고 용돈을 줄 때는 나 역시 너무 고맙고 행복함은 어쩔 수 없는 감정이다.

내가 이제는 진짜 열심히 해야 할 일이 있다.

'여보, 고마워.' '애들아, 고마워.'

남편과 아이들에게 해 줄 가장 필요한 답례인 듯 싶다.

Part 9

내 삶은
무슨 요일인가요?

직장인의 월요병? 불금이라는 금요일? 모두가 꿈꾸는 주말?
엄마가 기다리는 요일은 무슨 요일일까요?
아이들이 기다리는 방학조차 엄마에겐 특별근무기간이잖아요.
여러분은 무슨 요일의 삶을 살아가나요?

월요일을 위해 주말을 알차게 보내려고 노력했어요.
화·수·목은 누구도 피해가기 힘든
성실함이 요구되는 날이잖아요.
무조건 살아내야 하는 요일들이에요.
그렇다면 금요일은 엄마에게 어떤 날일까요?
주말을 생각하면 금요일은 뭔가 준비하느라
더 바쁜 날이 되더라고요.

살다 보니 우리의 삶도 그런 것 같아요.
특별하지 않지만 바쁜 날이 있었고,
안 바쁘지만 나를 위하는 시간은 없었던 것 같아요.
그렇다면 요즘의 내 삶은 어떤지요?

내 삶은 무슨 요일인가요?

평온한 목요일

김선애

내 삶은 코로나 확진 전과 후로 변화가 생겼다.

일주일 격리기간 동안 편의점이라도 다녀올 일이 생길까 현금까지 찾아 두었다. 카드를 사용하면 혹시 외출 흔적이 남을까 나름 만반의 준비를 했다. 하지만 그럴 필요가 없었다. 기분이 다운되어 의욕들이 사라졌다. 집안에 틀어박혀 현관까지도 가지 못했다. 밖으로 나가 시원한 바람이라도 마시고 싶었지만 마음뿐이었다. 그냥 만사가 귀찮아 저절로 갇히게 되었다.

글쓰기 첫날도 코로나로 수업에 참석하지 못했다. 그날 수업이 '나에 대한 자랑 30가지'였다. 그래서 집에서 숙제를 했다.

'나는 어떤 사람인가?'

그동안 나에 대해 생각해 보지 않았다. 알아보려고 하지 않고 그냥 산만하게 살았던 것 같다. 새삼 나도 몰랐던 나를 알아가는 과정이었다. 아들이 나와 닮은 점이 많다는 것도 깨닫게 되었다.

내 의도와 다르게 어긋나는 아들이 미웠다. 미움의 원인과 배경은 생각하지 않고 해결에만 집중했던 것 같다. 아들의 마음 상태는 보려고 하지 않았다. 내가 원하는 아들에 대한 기대와 목표가 있는데 따라와 주지 않으니 마음만 급했던 것 같다.

독립심과 책임감을 키워 준다는 명목이었다. 뿌리가 내리지 못한 나무에게 따스한 햇빛과 보살핌이 필요했는데 거세고 차디찬 비바람만 안겨준 것 같다.

나의 소유물처럼 생각했다. 인격을 존중하지 않고 내 맘대로 완벽한 갑질을 했다. 결국 철저한 패배의 쓴맛을 보고 항복을 선언한 셈이다. 자식 이길 부모가 없다더니 내 유전자를 물려받은 아들은 나보다 한 수 위였다. 사랑 없는 지적과 훈계는 아무 소용이 없다는 걸 알게 되었다.

힘들고 지루한 시간이 지나고 나를 알게 되면서 나의 불안과 조급함이 아들에게 부정적인 영향을 주었음을 알았다. 아들로 인해 더 성숙해지는 것 같다. 아들 덕분에 부족한 부분을 깨닫고 교훈을 얻었다. 부모협회를 통해 알게 된 엄마들과의 소중한 인연에 감사하다.

내 삶을 요일에 비교한다면 목요일이다. 안정적인 느낌이 들고 평온하기 때문이다. 목요일은 한 숨 돌리고 마음의 여유를 느낄 수 있는 요일이다.

서정주 시인의 싯구가 생각난다.

'이제는 돌아와 거울 앞에 선 내 누님같이 생긴 꽃이여'

어떤 어려움과 힘듦도 다 수용하고 싶다. 주어진 상황에 흔들리지 않고 평온함을 느끼는 마음상태를 유지하고 싶은 바램이다. 목요일이 그런 느낌이다.

달달한 수요일 맛

오수영

월·화·수·목·금·토·일. 주5일은 일을 하고 나머지 주말은 쉰다. 그런데 요즘은 일을 하나 안 하나 별반 다르지 않다. 입시생이 집에 있어서 그런가? 주말에도 평일처럼 아침에 집을 나가서 저녁에 돌아오니 똑같다. 일을 안하니 그럼 좋은 거 같아도 일이 꼭 생긴다. 모임을 나가기도 한다. 일이 없으면 집안 일이 기다린다. 밀린 빨래를 하고 청소라도 하면 평일과 다르지 않다. 잠깐 돌아서면 점심이고 돌아서면 저녁이다. 이러니 특별한 요일이 없긴 하다.

수요일이 조금 여유가 있다. 수업이 적기도 하지만 한 주의 중심이기 때문이다. 수요일이 지나면 한 주가 끝나가는 느낌이 든다. 그래서 좋다. 약속도 수요일엔 없다. 내 시간을 갖기에 제일이다. 책을 읽기도 하고 드러누워 쉬기도 한다. 그럴 시간이 조금 생긴다. 월, 화에 긴장했던 시간이 지나는 분위기다. 특별히 바쁜 일상을 사는 것도 아니지만 수요일은 기다려진다. 비라도 오는 날이면 더 좋다. 기분이 좋아진다. 오늘을 알차게 보내고 싶기도 하다가 빨리 지나서 목요일이 되면 한 주는 끝나가니까 말이다.

　가족을 챙기는 일에서 제일 한가한 요일이다. 주변 사람들과 약속도 거의 없다. 그러면 동네 친구랑 아점을 먹으러 간다. 칼국수도 먹고 카페에 가서 브런치도 먹는다. 가족과 가지 않는 곳들을 찾아간다. 가족 뒷담도 하고 소소한 수다도 떤다. 아이들 얘기와 남편 얘기며 매년 돌아오는 시댁 행사에 관한 얘기도 한다. 어제 잘못한 일들을 고해성사도 하고 앞으로 살아갈 고민도 얘기한다. 여자 형제가 없는 우리는 뒷담 걱정없이 수다를 떤다. 그러면서 서로에게 응원을 보내고 칭찬을 아끼지 않는다. 그게 수요일의 수다 맛이다. 지루할 수도 있는 한 주에 응원을 보낸다고나 할까. 그럼 남은 요일은 미안함과 용기에 힘을 얻는다.

　주말에 쉬는 것과는 다른 맛이다. 나무에 꽃이 피는지, 바람이 많이 부는지, 사람들은 다들 왜 그러냐며 말도 안되는 논리와 바보같은 질문과 대답으로 우정을 쌓는 거다. 여기에 뭔 논리가 필요하겠는가. 그냥 지나가는 기분과 감정을 쏟아내고 헹구고 다시 걷어들이는 거지. 쌓였던 감정의 찌꺼기들은 툴툴 털어버리는 기분이다. 두서 없는 말 같아도 하고 나면 잊혀질 건 잊혀진다. 그래서 다시 시작할 힘도 생긴다. 내 말속에서 나를 돌아보고 반성한다. 그러기엔 수요일이 딱이다. 세상 혼자인 느낌이니까 말이다. 십대 소녀도 아닌 늙은 소녀들처럼 몇 시간 보내고 나면 세상이 새롭게 보인다. 아무 일도 없는 평탄한 한 주가 된다. 그래서 달달한 커피를 마신다. 수요일 맛이다.

매일매일 월요일

진연희

요즘 나는 매일매일 월요일을 살고 있다.

월요병이라고 많은 직장인들이 싫어하는 요일이지만 한 주를 새로 시작하는 기준점이 되는 날이다.

남은 요일들을 어떻게 살아갈지 생각하며 일들을 분배하고 조정하는 날이기도 하다.

나는 개인적으로 월요일을 그렇게 싫어하지 않는다.

주말을 끝내고 다시 일상으로 돌아오면 뭔가 모를 안도감과 안정감이 느껴지고 새로운 시작점으로 돌아왔음에 감사함을 느낀다.

나는 아들의 은둔이 시작된 후로 인간심리에 관심을 갖게 되었다.

이런저런 자료를 찾고 책을 읽어보고 사람들과 이야기를 나누면서 내가 항상 이 주제에 흥미를 많이 느끼고 있다는 것을 발견하게 되었다.

영화나 드라마 장르 중 유독 인간심리에 초점을 맞춘 스릴러물을 좋아했고 미드는 CSI를 매일 정주행하며 보기도 했다.

남편은 아이를 임신 중에도 매일 CSI를 시청하는 나를 보며 나무라기도 했다. 태교는 예쁘고 아름다운 걸 봐야지 왜 꼭 범죄자나 끔찍한 장면이 나오는 그런 장르물만 골라보냐면서 걱정을 했다.

하지만 나는 임산부도 취향이 있다고 했다.

내가 좋아하지도 않는 것을 태교랍시고 하면 아이도 분명 스트레스를 받을 거라며 맞서곤 했다.

그래서 요즘은 내가 처한 상황이 절박하다 보니 더 매달린 면도 있었다.

원래 갖고 있던 호기심은 나를 더욱 자극시키니 집중도 더 잘 된다.

그런데 놀라운 점은 아들과 이야기를 하다 보니 아들은 책 하나 읽지 않고도 인간심리에 대한 깊은 통찰력을 갖고 있었다.

본인이 겪어서 아는 것도 있지만 이런 통찰력은 단순 지식으로 얻어진 것은 아니었다.

습득하는 방법이 다르고 세상을 대하고 인지하는 법 자체가 나와는 완전히 달랐다.

나는 내가 나이가 많고 인생을 더 살았으니 항상 많이 알고 가르쳐 주어야 한다고 생각했다.

하지만 그렇지 않았다.

몸으로 직접 체득하는 법도 있었다.

그렇게 습득된 것은 절대 잊혀지지도 않고 남의 지식이 아닌 나의 지식이니 응용도 더 자유로웠다.

나는 매일 월요일로 살고 있고 매일매일이 새롭고 경이롭다.

이제 나도 그동안 살아왔던 방식을 탈피해 내가 하고 싶은 공부도 하고 사람들과 소통하는 법도 배우며 살아야겠다.

주말 없는, 월화수목금금금

이열이

월·화·수·목·금·금·금.

요즘 내가 느끼는 삶은 적당히 바쁘다. 자기전 하루를 돌아보면 나름 안정적이게 돌아가는 것 같다. 불안과 걱정거리는 잠시 뒤로 하고 오늘이 행복해야 내일이 더 행복할 수 있다는 생각으로 주어진 하루를 살고 있다.

다른 이들은 주말이 어떤지 모르겠지만 나는 불금과 같이 눈코 뜰 새 없는 요일을 보낸다. 그래서 주말 하루는 아침부터 나가려고 한다.

내가 집에 있으면 남자 셋에게 주방에 있을 권리를 빼앗는다는 생각이 들어서 말이다.

아니면 남편과 단 둘이 놀거리를 만들어 나간다.

학교 다니느라 수고한 아이들에게 좀 더 편한 자유를 주고 싶어서다. 주어진 24시간을 부모 눈치 안 보고 오롯이 자기가 만들어보라고 한다.

하루는 평범한 금요일,

또 하루는 가족을 위한 특별한 금요일,

마지막 금요일은 나만을 위한 불타는 금요일.

이제는 가족이 각자의 영역 안에서 어느 정도 역할을 해준다.

나는 개입은 줄이고 믿고 지지하고 응원하는 엄마의 모습으로 나아
가야겠다.

불꽃같은 금·금·금요일

한아름

코로나19가 내 생활을 많이 변화시켰다. 나는 시대보다 일년 먼저 알아차렸다. 일에 미쳐 20년을 살다가 더 이상 할 수 없는 상황에 이르면서 나 자신에 대한 관심이 생기기 시작했다.

'나는 앞으로 10년을 어떻게 살 것인가?' 라는 물음을 던졌다. 2019년 연말 서울시에 제안서를 쓰면서 활동가로 나를 만들어가고 있었다. 50플러스재단에서 교육도 받고 생계를 위해 여러 가지 탐색을 하던 중 지금의 일자리를 얻게 되었다. 오후 반나절만 일을 하고 4대보험 혜택을 받는다.

나머지 시간은 나를 위해, 모두를 위해 활동가와 우리를 위한 공동체를 만들기에 바쁘다.

누구도 가보지 않은 은톨이의 길이다. 비영리 민간단체를 만들고 고군분투하길 4년째다. 정답이 없는 길이다. 그렇지만 함께 만들고 다듬어 가야 한다.

아이를 키우는 엄마들일수록 공동체 경험을 많이 하여 열려 있는 사고를 가지면 좋을 것 같다. 그러면 은둔하고 고립되고 외로운 아이들이 줄어들 것 같다.

우리 사회가 당면한 문제지만 가정 안에서 부모들의 시선이 너무 자기 아이에게만 가 있다. 그런 시선을 조금만이라도 부모인 내 자신에게 쏟는다면 더 나은 사회가 될 것 같기 때문이다. 그래서 나는 할 일이 너무 많다. 함께 나누고 서로 성장하는 사회가 되길 바란다. 이런 나의 현실은 불꽃같은 금·금·금요일이다.

일이 없고 쉬는 날이 일요일

유세은

7일 중 나의 요일을 정하려니 왠지 어렵다.

남편과 일을 하고부터는 내 삶의 계획은 왠지 호사로움이 되었다. 계획을 세웠다가도 예약이 들어오면 내 일정은 뒤로 밀리거나 없던 일이 되어 버린다.

이 나이에 이렇게 살아야 하나 슬프다가도 '뭐 돈도 없는데 어쩔거야? 일 해야지.' 하고 나를 다독인다.

그래서 일이 없고 쉬는 날은 무조건 나의 일요일이다.

일부러라도 열심히 오늘은 쉬는 날이라며 게으름을 부린다. 일부러 더 꼼짝하지 않고 바닥과 일체감을 이룬다. 그런데 이렇게 쉬기보다 내게 보너스를 주고 싶지만 그것도 만만치 않다. 남편과 아들 눈치가 보여 그냥 또 드러누워 버리니 이럴 땐 내가 은둔자 같다.

사실 코로나로 인해 일을 너무 쉬다 보니 쉬는 게 쉬는 게 아니었다. 일하러 나가는 날이 외출하는 즐거움이 되기도 했다.

아무튼 요즘은 바쁘게 살아야 휴일이 반갑고 고마운 듯 싶다.

생각해보니 결혼해서 시어머니 시야에서 떠날 수 있었던 날은 일요일이었다.

난 성당으로 탈출을 했다. 그렇게 탈출해서 보내는 시간들이 너무나 달콤했다.

사실 이젠 누구의 눈치를 보지 않아도 된다. 맘대로 살아도 되지만 그 자유로움 속에서 난 스스로를 묶어놓고 탈출만 시도한다. 이 또한 가족이 있기에 내 일요일이 특별해지는 것 같다.

그런데 이제는 내가 쉬고 싶은지 놀고 싶은지도 혼란스럽다.

Part 10
자녀에게 있는 그대로의
마음을 전해보아요

은둔하는 자녀와 소통하기는 힘들어요.
대화가 안 되니 혼잣말이 되고 문자나 편지를 써도 답은 없지요.
하지만 소리나 몸짓이 대화가 되어요.
가족도 불편하지만 당사자는 얼마나 답답할까요?
아무도 들어주지 않는 마음의 소리를 어떻게 이야기 할까요?

우리는 부모니까 엄마니까 들을 수 있잖아요.
하고 싶은 말이 많아서 다 하지 못하는
자녀의 답답한 심정을 우린 알아 줘야 해요.

오늘은 그런 자녀에게 하지 못한 말을 전하기로 해요.
있는 그대로의 마음을 전해보아요.

사랑하는 데 표현이 서툴렀던 거야

김선애

과거의 아들에게

　사랑하는 아들에게

　회사에서 받은 월급도 퇴직금도 다 쓰고 핸드폰 요금 내달라고 했을 때 계모처럼 매정하게 쏘아붙였던 것 진심으로 미안해.

　'나중에 회사 다니면 갚을게.'라고 말했는데 표독스럽게 했지.

　'니가 쓴 핸드폰 요금 니가 내야지. 엄마가 썼니?'

　그 말이 너에게 얼마나 상처가 되었을지…….. 그땐 몰랐어. 정말 미안하다.

　그날부터 침묵과 은둔을 시작했지만

　사실 난 그때도 이유를 확실히 몰랐단다.

　4월, 5월, 6월 ……, 1년의 기간은 길고 지루한 지옥같은 생활이었다.

　상담을 찾아다니고 친척들에게 방문을 요청하면서 아무일 없는 사람처럼 직장으로 출근을 해야 했다. 내 아들의 힘든 생활만큼 엄마도 삶의 의욕이 없었단다. 위기감이 찾아왔고 우울감에 빠져들어 주저앉고 싶었어. 하루 종일 아무 말도 하지 않았지. 생활습관도 엉망인 채 조용한 집안은 키보드 소리만 정적을 깨뜨렸어.

이런 생활이 언제 끝날건지. 기간이 정해지지 않았으니 더 절망적이었다. 실수로라도 말 한마디 하지 않고 입을 다물어버린 너.

편지를 써 놓고 구겨진 종이를 보면서 절망하고. 엄마가 잘못한 것 있으면 말해주고 용서해달라고 애원했지만 굳게 닫힌 너의 마음은 열 수가 없었지. 정말 미웠단다. 증오도 했어. 엄마도 지치고 힘들어서 네 마음을 헤아릴 여력이 없었단다.

어느 날 떠난, 아빠로 인해 엄마도 우리 아들도 상처를 회복하지 못한 채 그냥 가슴에 묻어두고 생활을 했더라. 그 공허함과 슬픔을 어디에서도 채우지 못하고 늘 허전하고 텅 빈 마음으로 살아왔던 거지.

4살의 어린 네 마음을 보듬어주지 못해서 미안해.

그때는 엄마도 몰랐고 너무 힘들었어.

남자는 강해야 했고 가정을 이끌어 가야 되니까 힘든 것도 어려운 것도 다 참아야 된다고 강하게만 키우려 했단다. 어린 네 마음을 챙기지 못하고 무조건 채찍질만 한 것 같아. 그 시절로 돌아갈 수는 없지만 그 시간을 용서받고 싶어.

유리처럼 예민하고 여린 너의 성품을 이해하지 못해서 부족한 엄마가 미안하다.

널 사랑하지 않아서가 아니야. 사랑하는데 표현방법이 서툴렀던 거야. 너무 힘들어하는 우리 아들 사랑해.

현재의 아들에게

살찌려고 작정한 건가?

움직이지 않고 배달음식 열심히 먹고 내일부터 다이어트 하나?

건강을 위해서 날씬한 몸매를 위해서 체중관리에 신경 써 줬으면 좋겠다.

요즘하는 현장 일이 힘들지?

추운 날씨 속에서 굴삭기 기사의 꿈을 위해 현장업무의 기초부터 다지느라 고생이 많구나. 진로를 정했으니 이제는 급하게 마음 먹지 말고 천천히 꾸준히 가보기로 하자.

엄마는 항상 우리 아들 편이야.

어떤 상황에서도 엄마는 우리 아들 곁에 있을 거야. 사랑해.

오늘도 엄마는 아들의 건강과 안전을 기도한단다.

오수영

쓰러진 김에 쉬어 가자

꿈을 갖고 사는 딸에게

"연진아, 나 지금 되게 신나."

알지? 우린 농담처럼 이 말을 했잖아. 근데 너도 확언 같은 게 있더라.

'난 잘 될거야.'
'난 꼭 성공할거야.'
'하고 싶은 거 잔뜩하고 힘든 일도 많이 해볼 거야.'
'멋진 사람이 될 거야.'
'디자인으로 돈도 벌고 글도 쓸 거야.'

지금도 '난 하고 싶은 거 다 하고 있어 좋다'는 네 말들이 너무 감사해. 자신을 위해 시간과 감정을 죽이던 때는 지나는 것 같아. 물론 그 시간이 안 소중한 건 아냐. 너를 더 단단하게 만든 시간이었잖아. 극복하는 과정을 즐기고 있는 모습이 멋진 것 같아. 그리고 이젠 너 자신을 위해 산다고 말해줘서 고맙다. 시작이지만 이것만으로도 충분히 감사하단다.

너 자신을 사랑하고 있다는 게 보여. 그것만큼 훌륭한 건 없잖아. 부족한 부분을 알고 노력하는 하루하루가 이렇게 소중할 줄이야. 멈췄던 시간이 한꺼번에 흐르는 느낌이랄까? 살아있는 시간!

넌 20살이 기대되고 흥분된다고 했잖아. 맞아. 힘들었던 그때도 너를 사랑하기 시작한 지금도 넌 예쁘단다. 실력이 늘지 않는 것 같다고 투정 부리면서도 이런 시간이 지나면 또 나아질 걸 알고 있으니 얼마나 다행이고 감사한 일이니?

쉬는 하루도 허투루 보내기 싫어하는 모습에 깜짝 놀라기도 한단다. 혹시나 무리할까 노파심이 생기는데 넌 어김없이 알아서 쉬더라. 그것도 고마워! 힘들면 지쳐 쓰러질 줄 아는 너라서. 쓰러지면 벌떡 일어나려고 애쓰지 않아도 돼. 쓰러지면 쓰러진 김에 쉬어간다고 하잖아. 그것도 의미가 있을 거야.

조금씩 내가 챙겨줄 몫이 줄어드는 것 같아. 그동안 대신했던 걱정들이 하나 둘 사라지는 것 같아. 너를 위해서가 아니라 나를 위해 노력하고 고민하는 시간이 필요해졌나봐. 친구들 투정도 받아주려고 노력하고 필요한 애정도 챙기는 모습이 보기 좋더구나. 가족 식사 자리에 참석해 분위기 메이커가 되어줘서 고마워. 아빠의 아재개그를 잘 받아주어 고맙다.

미래가 막막하다며 숨어지내며 견뎌준 너에게 응원을 보낸단다. 지금 이 시간들이 살면서 분명히 좋은 밑거름이 될 거야. 누구도 대신해

줄 수 없는 시간을 넌 혼자서 잘 견뎌온 거잖아. 너만의 생각과 색깔을 찾아가는 모습 자체만으로도 엄마 아빠 감사해. 힘들면 언제든 쉬어도 돼. 너와 친하게 잘 지내는 삶이 되길 바랄게.

고맙고 사랑해.

천천히 가더라도 너만의 길을 찾아서

진연희

사랑하는 아들에게

아들아, 오늘도 하루 종일 불꺼진 방 안에서 웅크린 채 하루를 보내는 너를 생각하니 얼마나 가슴이 무너져내리는지 모르겠다. 꽃같고 태양같이 빛나는 20대 청춘. 하루하루가 깔깔대는 웃음소리와 향기가 넘쳐도 부족할 시기에 이리 어두운 터널에만 갇혀 있는 너를 보니 엄마는 어찌해야 좋을지 막막하고 두렵기만 하다.

오늘은 혹시나 한마디라도 할까, 무언가 변화가 있을까 하는 마음으로 하루를 시작하지만, 역시나 하고 하루를 마무리해야 할 때는 언제나 너를 원망하고는 했다. 언젠가는 어둠을 뚫고 나와 우리 서로 웃을 날이 오겠지? 그날이 언제인지 알 수 없어 주저앉아 울고 싶을 때가 많았다. 그래도 엄마는 항상 이 자리에 있을 거고 기다릴테니 너의 시간이 오고 너의 마음이 준비되면 엄마를 불러 다오.

지난 3년간 우리에게 무슨 일이 일어난 걸까?

느닷없는 돌발행동, 병원치료, 자퇴소동, 소통단절, 은둔, 고립까지 너무 많은 일들이 밀물처럼 밀려왔다가 모든 것을 폐허로 만들어버린 느낌이라고 할까?

하지만 이제는 좀 알겠어. 아들이 그동안 엄마에게 소통하고 싶었던 게 많았다는 걸. 우리는 서로 그 방법을 몰라 소통을 포기했고 그동안 너무 많은 오해와 불신이 쌓여 서로에게 거대한 벽을 쌓아버렸다는 것을 말이야.

나는 네가 좋아하던 태권도를 그만두었던 날 '이제 운동보다는 공부를 해야지.' 했어. 단짝친구랑 소원해져 속상해하던 너에게 '괜찮아, 새로운 친구 사귀면 되지.'라고 어쭙잖은 조언을 했어. 그때 네가 느꼈을 슬픔과 두려움에 깊이 공감하지 못하고 내 생각을 강요해서 미안해. 그리고 이제 그런 서운했던 네 안의 감정을 솔직하게 나에게 털어놓으며 우는 네 모습이 너무나 고맙고 감사하며 사랑스러워.

아들아.

앞으로 살아갈 세상에서 좀 더 당당하게 자신을 밝히고 떳떳하게 살기 위해서는 무엇보다 자신의 감정에 솔직해야 한다는 걸 이제 너도 나도 배우고 있다.

이제 이 과정을 거치고 너 자신에 대해 좀 더 알게 되면 세상에 대한 불신이 조금은 누그러들지 않겠니?

너는 지금 잘하고 있다.

천천히 가더라도 나만의 길을 찾아 뚜벅뚜벅 걷다 보면 새로운 나만의 길도 열릴 거라 믿는다.

우리 함께 가자.

항상 든든한 지원군이 되어 줄게

2월에 엄마가.

시작이 반, 또 한 번 시작해 보자

이열이

사랑하는 아들에게

모든 일에 부정적이고 의욕없던 너를 힘들어했던 때가 벌써 일년이 지났구나. 코로나로 모든 생활이 엉망이 되었지. 중2, 중3을 핸드폰만 보고 지내는 너를 주위에서는 '사춘기라 그렇다. 다 똑같다. 그냥 놔둬라'는 말로 나를 위로했고 안심시켰지.

그런데 뭔가 달랐던 것 같아. 점점 시간이 지나면서 말이야. 주위 사람들과 단절하고 하루 종일 방문을 열지 않았어. 밥도 안 먹고, 대답도 안하고.

엄마는 점점 힘들었지만 너를 그냥 내버려 둘 순 없었어. 이리저리 정보를 얻고 상담을 받고 주변 사람들에게 SOS를 쳤어.

아들. 지금은 엄마도 많이 발전했어. 욕심을 안 부리려고 말이야. 시간이 지나면 분명 좋아지고 너도 너를 찾을 거라 엄마는 믿어.

그냥 엄마 아들이 아닌 한 인간으로 너를 바라보려고 노력할게. 엄마는 아들을 믿고 기다린다. 아들이 엄마를 찾을 때까지 말이야.

요즘은 아들이 좀 편해진 것 같아 고마워.

엄마가 괜한 걱정을 했나 봐. 엄마의 시각으로 너를 바라보는 건 안 하려고. 가끔 방 문 열어서, 밥 맛있게 먹어서 고마워. 엄마 안부도 물어봐 줘서 고마워.

작은 것에 감사하고 일어나지 않은 일은 걱정하지 않으려고 해. 곧 개학이네.

3월은 모든 게 시작이야. 시작이 반이란 말이 있잖아.

그러니 또 한 번 시작해 보자, 아들!

서서히 익어가는 나무가 오래 견디는 법

한아름

가장 힘든 시간을 보내고 있는 아들에게

　아들아! 너의 아픈 상황을 너무 몰라서 미안해.

　벌써 10년이 훌쩍 지났는데도 난 아직도 미숙한 엄마구나. 왜 세상을 향해 문을 닫고 있는지 너무도 모르는 무지한 엄마였다. 많이 아프고 힘들었겠구나. 매주 대전을 왔다갔다해서 아무 문제 없는 줄 알았지. 그런데 쉬었다 다시 복학했을 때도 한 달만에 그만 다니겠다고 했을 때도 몰랐어. 좋은 숙소를 찾아 1년 계약을 했는데, 돈 버린다는 생각만 먼저 했어.

　그리고 은둔 몇 년. 왜 저러고 있는지 이유를 모른 채 발만 동동 굴렀다. 난 부족함없이 해주었단 생각뿐이었다. 너무도 몰랐던 엄마. 나때는 말이야, 하면서 형제 많은 집에서 밥과 빨래만 해주는 것이 엄마의 역할인 줄만 알았지. 그 시절에 비하면 돈도 벌어다 주고 아낌없는 지원도 했다고 생각했는데, 이제 보니 진짜 엄마의 사랑이 없었던 것 같아.

법륜스님의 말씀대로 아이는 세 살까지 엄마가 키워야 한다고 했다. 직장도 아이 업고 나가라. 그렇지 않으면 여성들이여 투쟁하여라. 3년 간 온전히 아이 엄마로 살아야 한다. 그렇지 않으면 두고두고 큰 화를 입게 될 거란 말씀이 기억난다. 너를 통해 공부를 하게 되었고 유아교육도 전공하게 되었다.

돈만 벌고 열심히만 살면 되겠지 했는데, 네가 엄마를 성장시키는 구나.

아들아! 더 많이 품어주고 더 많이 토닥거려주지 못해 미안하다. 어릴 때 엄마가 나도 모르게 너에게 다그치고 화풀이를 했던 거 반성한다. 그땐 엄마도 미성숙했다. 엄마에게 대들고 소리치고 했어야 했는데, 넌 그걸 모두 삼켜버리고 압력솥이 되어버렸구나.

아들, 산에 가서라도 너의 울분을 토해냈으며 좋겠단다.

오늘을 사는 아들에게

고군분투하고 있는 아들, 너무 자책하지 말거라.

큰 나무는 뿌리를 내리는 동안 '천천히 천천히' 성장 속도가 느리단다.

그만큼 든든한 나무가 되기 위해 시간이 필요한 거란다.

어제보다 오늘이, 오늘보다 내일이, 아주 조금씩 성장하면 되는 거란다.

34세. 앞으로도 80년은 살 텐데 무엇이 급하니?

괜찮아. 서서히 익어가는 나무가 오래 견디는 법.

아인슈타인도 빌게이츠도 대학에서 낙제를 받았잖아.

지금부터 너를 우일신又日新하면 되잖아. 아프지만 자신을 잘 다스리렴.

병은 너에게 친구같이 살아가도 된단다.

잘 조절하는 방법을 터득하면 돼.

하늘이 너에게 준 사명, 존재의 이유가, 달란트가 분명히 있을 거야.

그것을 네가 스스로 발견하고 살아가면 되는 거란다.

그 무엇이 되는 것보다 어떤 삶을 살지가 중요하지 않을까?

너에게는 분명 멋진 점이 있어.

동물을 사랑하고 너보다 힘이 약한 사람을 위해 사는 것.

네가 필요한 곳에서 빛을 발할 수 있는 사람.

감추어진 너의 잠재력을 반짝반짝 닦는 데는 앞으로도 시간이 많단다.

그 무언가를 위해 너에게는 충분한 시간이 있다.

우리 함께 찾아보도록 하자. 엄마는 뒤에서 너를 응원할 거야. 걱정하지 마.

오늘도 출근시간 늦지 않게 부지런히 준비했잖아.

너무 걱정하지 말고 떨지도 마. 너무 잘 하려고 하지 않아도 돼.

너 자신을 좀 더 뽐내어도 괜찮아. 실수해도 괜찮아.

조금씩 나아질 수 있으니까.

아들 고맙다.

우리 서로에게 응원이 필요해

유세은

사랑하는 아들에게

아들~

엄마가 너를 더 깊고 깊은 곳으로 들어가게 했던 날이 언제일까 생각해보니, 네가 엄마에게 전하려는 말을 다 듣지도 않고 버럭 화를 냈던 그날이었어. 결과적으로 엄마가 널 너무 힘들게 했다. 정말 미안해. 지금 돌이켜보면 엄마가 너무 어른답지 않았고 핑계가 되었지만 나 자신도 감당하기 어려운 심리상태였단다.

누구에게나 힘겨운 상황이 오고 그 상황을 어떻게 넘기는가는 어려운 숙제인 것 같아. 그래서 나이를 먹었다고, 공부를 많이 했다고, 부모라고, 그냥 노련해지지는 않는다는 걸 살면서 배운다. 엄마도 실수하고 넘어지면서 배우는 것 같아.

그때 좀 더 가까이 다가가서 너의 눈을 마주하고 보다 이해를 위한 마음을 갖추었다면 어땠을까? 너와 두런두런 이야기를 나눴어야 했는데 엄마의 순간적인 행동이 다 망친 것 같아. 너를 당황하게 했고 화나게 한 거잖아. 네 잘못이 아니야.

엄마가 용서해 달라고 한 것이 네 마음에 흡족하지 않은 듯한데 어떻게 용서를 빌어야 할지 엄마도 용기가 없었어. 그래서 묻지도 못했다. 엄마는 지금 네 시간을 함께 해주는 노력으로 너에 대한 속죄를 하고 있어.

부족하고 때론 네 생각과 다르겠지만 엄마의 작은 몸짓도 너의 응원이 필요하단다. 우리 서로에게 응원이 필요한 듯해. 어렵겠지만 엄마가 엄마라고 선을 넘어가지 않도록 노력할게. 그리고 억지로 용서할 필요도 없어. 엄마는 너에게 용서를 구할 게.

그땐 솔직히 너를 온전히 이해할 수 없었다. 왜 학교를 그만두어야 했는지, 교복 입고 학교 가는 아이만 봐도 엄마는 속이 속이 아니었어. 그리고 생각없이 돈을 쓰는 네가 너무 철없게 보였어. 힘든데 집은 엉망이고…….

그날 이후, 넌 나보다 네 또래 아이들을 바라보는 게 힘들었을 거고. 어떤 것으로도 채울 수 없으니 먹는 것밖에 없었을 것 같더구나. 네 스스로도 힘든데 엄마가 너무 어리광을 네게 부렸어. 미안하다.

아들아. 네 마음이 편해지는 날 엄마는 멀리 있지 않을게. 믿어줘.

그날은 우리 기쁘게 마주하자.

그리고 그날이 빨리 오길…….

Part 11

글쓰기 여행 후
어떤 변화가 있었나요?

글쓰기 여행은 어떠셨나요?
혼자라면 어려웠을 여행이잖아요.
엄마가 되어 자신에게 말을 걸어보는 경험은
행운이란 생각이 들어요.
정신없이 살다가 글을 쓰는 시간이 되면
모두 소녀 같은 마음이 되거든요.
자신을 들여다볼 용기가 필요했던 시간이었죠.
함께 모여 썼으니 가능했던 일 같아요.

글쓰기 여행을 하는 동안 엄마란 말에
자신감을 잃었던 때도 있었잖아요.
내가 엄마란 사실에 다시 한 번 다짐을 하기도 했고요.
나란 사람이 엄마로만 한정되어
살았던 시간이 길었던 것 같아요.

엄마로 사는 동안 잃어버렸던
나를 찾아가는 시간이 되었으면 좋겠어요.
어떤 변화가 있었는지 정말 궁금하네요.

난 소중하고 행복한 사람 -

김선애

작년부터 얘기되던 글쓰기 모임이 시작되고 첫날부터 나는 불참을 했다. 2회차 글쓰기 주제에선 내 감정을 숨기기가 어려웠다. 글쓰기를 하고 발표를 하는 순간부터 난감했다. 마음을 들키는 것 같았다. 있는 그대로 표현하자니 부끄러웠다. 감정을 숨길수록 글은 더 써지지 않았다.

의무감으로 3회차에 참석했다. 몸과 마음이 피폐해져 너덜너덜해진 상태였다. 정신을 한 곳에 집중하지도 못했다. 그래서 글쓰기가 부담스럽기까지 했다. 하지만 시간이 많은 것을 해결해 주었다.

조금씩 글쓰기 시간으로 인해 마음도 안정되었고 내 페이스를 찾게 되었다. 글쓰기만 힘든 게 아니라 내 상황도 힘든 시간이었다. 끝까지 올 수 있어서 감사하다.

나에 대해 많은 생각을 할 수 있었던 시간이었다. 더불어 주변을 바라보고 새로운 시각으로 확장되는 느낌을 받았다. 모두 함께여서 가능했던 것 같다. 정말 덕분에 고맙고 감사하고 행복했습니다.

글쓰기를 하고 나니 용기가 생겼다. 올 하반기에는 바리스타 자격증을 취득할 계획이다. 취업은 아니어도 해보고 싶었다. 사무실에 일찍 출근하여 아무도 없는 공간에서 커피를 내려 동기들을 기다리는 시간이 행복했다.

가끔은 계란도 쪄가고 간식을 나눠 먹고 담소를 나누는 짧은 시간이 소중했다.

만약 나만의 공간이 생긴다면?

커피를 내리고 내가 잘하는 발효음식도 만들고 계절 밥상을 차리고 싶다. 심플하게 꾸민 공간에서 편한 시간을 즐기고 싶다.

이제 인생을 조금은 알 것 같다. 즐기고 싶고 주변도 돌아볼 여유도 생겼다. 그동안 살아온 경험과 시행착오를 통해 날마다 성숙해지련다. 씩씩하게 살아온 나를 응원한다.

'널 사랑해!'
'넌 소중한 사람이야!'

맞다. 난 소중한 사람이고 난 행복한 사람이다.

힘들었지만 더 힘든 사람을 돕고 싶어

문명자

나는 오래 전부터 글쓰기가 좋았다.

생각이나 느낌을 적으면 편해지고 위로를 받는 느낌이 들어서다.

이번에 글쓰기를 해보니까

평소에 바빠서 정리하지 못했던 느낌을 느끼고 정리할 수 있어서 좋았다. 의외로 사랑을 받고 싶고 위로를 받고 싶고, 걱정해 줄 사람이 있으면 좋겠다는 생각을 했다. 글을 쓰면서 솔직한 내 마음을 확인했다.

다른 분들이 쓴 글도 내가 경험한 것과 같은 상황으로 느껴졌다.

사람을 가까이 느껴볼 수 있는 좋은 기회였다. 은둔청년들에게도 이런 기회가 있으면 좋겠다. 앞으로도 어려움이 사라지지는 않겠지만, 일어나는 일 하나하나 소중한 일이라 생각하고 부딪쳐 볼 것이다.

나에게도 해주고 싶은 말이 있다.

"정말 수고 했다. 사랑한다.

너도 힘들었지만 힘든 사람을 돕고 살아라."

노심초사하던 나에게 위로를 보내

진연희

처음 글쓰기 참여를 권유받았을 때는 워낙 감정적으로 힘들고 지쳐 있는 상황이었다. 글쓰기를 한다고 무슨 상황이 나아질까 하는 의구심이 먼저 들었다. 하지만 지푸라기라도 잡는 심정으로 무언가에 집중할 것이 필요했다. 이 핑계로 잠시나마 집과 가족을 떠나 나만의 생각을 정리하고 내 시간을 갖는다면 어떨까 하는 생각에 시작을 하게 되었다.

얼떨결에 시작한 일이라 어떻게 글을 써야 할지 지금의 감정과 생각이 무엇인지도 갈피를 잡지 못한 상태로 시간이 흘러갔다. 하지만 모임을 거듭할수록 조금씩 내 자신이 보이기 시작했다. 나를 이해하면서 다시 주위를 둘러보게 되었고 무엇이 문제인지가 더 명확하게 보이기 시작했다.

그러면서 아들과의 대화시간이 늘었다. 글을 쓰면서 물론 내 자신이 부족하고 초라한 면도 많이 보였다. 결국 내가 나를 바로 세우고 아끼고 보살펴주지 않으면 내 주위의 다른 어떤 사람과 상황에 대해서도 여유롭게 대할 수 없다는 것을 깨달았다.

매순간 무너지고 힘들고 절망스러워도 결국 내 자신을 일으켜 세울 수 있는 것은 나 자신이었다. 내가 나를 인정해주고 결과야 어떻든 그동안 최선을 다해 애썼음을 알아주고 억누르고 당연하게만 여겼던 감정을 똑바로 인식하고 표현하고 나니 훨씬 마음이 가벼워졌다.

그랬더니 어느 순간 아들이 내 옆에 와 있었다. 내 인생의 중반, 가장 힘든 시기에 나를 잡아주고 세워준 글쓰기 경험은 오랫동안 내 기억에 남을 것 같다.

글쓰기를 하면서 내가 무엇을 좋아하고 무엇을 하고 싶어 하는지? 또 얼마나 나를 억압하고 살았는지 알게 되었다. 그동안 돈 벌고 가정생활을 책임지느라 미뤄두었던 공부를 계속하고 싶다. 아들 때문에 시작한 심리공부도 하다 보니 내 적성에도 맞고 관심을 더 가지게 되었다. 인간 내면에 대한 탐구도 좋았지만 내 주변 사람들에 대한 이해와 측은지심도 생기면서 갈등을 줄여나갈 수 있게 되었다.

또 나이가 더 들어 체력이 떨어지기 전에 다양한 여행경험을 하고 싶다. 스페인도 가고 싶고 크루즈여행도 해보고 싶다. 붙박이처럼 박제되어 있던 공간을 떠나 이국적인 풍경을 보고 느끼며 새로운 영감을 온몸에 불어넣고 싶다.

스킨스쿠버를 배우고 싶다. 사실 이 꿈은 오래 전부터 있었지만 이제 될지는 잘 모르겠다. 하지만 바닷속을 직접보고 느끼는 경험을 꼭 해보고 싶다. 스노쿨링도 좋았지만 좀 더 깊숙한 곳, 신비한 풍경을 직접 느껴볼 수 있다면 좋겠다.

내가 죽기 전에 시도는 해볼 수 있겠지? 이렇게 앞으로 해보고 싶은 일을 써보니 남은 인생이 좀 더 기대되고 신난다.

나에게 해주고 싶은 말이 있다.

"괜찮아. 잘하고 있어.
 그동안 최선을 다한 나한테 칭찬해주고 싶어.
 사람이 어떻게 모든 걸 다 잘하겠어.
 그 정도만 해도 충분하고 더 잘하려고 애쓰지 않아도 돼.
 늘 아등바등 끊임없이 인정받으려 하고 여유시간이 생기면 노심초
 사하던 나에게 위로를 보내.
 이제 나를 좀 내려놓고 쉬어도 된다고.
 쉬면서 밧데리가 어느 정도 충전되면 그동안 미뤄두었던 내가 하고
 싶은 일들을 하나씩 골라 해보며 시간을 보내고 싶어.
 넌, 지금까지 잘해 왔고 앞으로도 잘 할 거야."

변화하는 내 모습에 놀라며

이열이

처음엔 '내가 무슨 글을 쓴다고?' 생각했다.

집에 있는 우리 가족들도 '엄마가 뭐를 한다고?'

의아해하면서도 그래도 지지해 주었다.

왕복 4시간 가량의 거리를 다니면서 내 생각도 정리할 수 있어 좋았다.

함께 글쓰기하는 사람들에게 많은 끌림도 있었다.

집에 돌아가는 길에는 뿌듯하면서 긍정 에너지가 느껴졌다.

처음 시작할 때는 애들을 두고 저녁시간에 나간다는 이 상황을 남편에게 이야기하는 것 자체가 자존심이 상했다. 하지만 내가 떳떳하니 뭐가 두려울까?

글쓰기를 하면서 아이를 바라보는 시선이 조금씩 달라졌다.

잃어버린 장점을 찾아보려는 내 모습에도 놀랐다.

한 번도 겪어보지 못한 경험이었다.

시간이 갈수록 나를 찾아가는 느낌이 들었다.

변화되는 내 모습에 놀라며 하루하루를 살아간다.
난 계속 나답게 지금처럼. 오늘을 사랑하며, 아이를 이해할 것이다.
점점 성장하는 내 삶을 즐기면서 살고 싶다.

항상 지금, 여기에서 성실하게

한아름

처음에는 글쓰기를 하면 내 마음을 드러내야 한다는 생각에 글을 잘 쓰고 싶다는 생각만 들었다. 그러나 시간이 지나면서 나의 생각, 나의 글을 써보니 이제는 내 인생의 장편소설도 쓸 수 있을 것만 같다.

조금은 용감해지고 내 얘기라면 주저리주저리 쓸 수 있는 용기가 생겼다. 가끔 벌거숭이가 되는 느낌이 들었지만 그럴수록 난 나를 만날 수 있어 좋았다.

나 혼자였다면 이렇게까지는 못 했을 것 같다. 시간을 내서 참석하는 것도 힘들었지만 내 마음을 쓴다는 게 쉽지 않았을 거다. 하지만 회원들과 함께 했기에 즐거운 추억의 시간이 되었다.

글을 쓰면서 꿈도 생겼다. 오로라를 보고 싶다. 성지순례로 인도를 가보고 싶다. 몽골의 초원지대에서 한달살이도 해보고 싶어졌다.

미리 걱정하지 말고 그때그때 맞추어 살아가는 요령이 생기는 것 같다. 항상 지금, 여기에서 성실하게 살아가고 싶다.

아쉽지만 10주가 지났다. 함께 울고 웃고 여행도 가고 서로에게 든

든한 지지대가 되었다. 글쓰기를 빠지지 않고 완주한 나에게 말해주고
싶다.

'잘 했어.'

'메달 한 개 더 달았구나.'

'지금 이 마음 잘 간직하고 싶다.'

'아름아, 참 잘 했어.'

나의 하루를 응원하며

유세은

오랜만에 주제를 놓고 생각이란 걸 해보았다. 내용을 떠올리며 글로 옮겨보려니 생각은 잠기고 내 언어는 너무도 한정되었다.

어디서도 대화가 부족해져 갔다. 전화 통화도 간단히 끝내기 일쑤였다. 가끔 문자로 전달사항이나 부탁할 거리를 늘어놓는 정도였다.

글쓰기를 하면서 미숙하지만 흩어진 마음을 모으는 것 같아 좋았다.

말로 옮기지 못했던 이야기들이 내 글자로 나타나니 왠지 작가가 된 기분도 들었다.

그동안 감동없이 살아온 시간들이 아쉽기도 했다.

학창시절에도 쓰지 않았는데 이젠 써야 할 이유를 알게 된 것 같다.

지난 감정은 다시 살아나기 어렵고 남기고 싶은 마음은 기억하기 어려웠다.

이 작업을 통해 앞으로 소중한 삶의 감동과 느낌을 조금이라도 남겨 놓아야겠다.

삶은 내 계획대로 흘러가지 않고 늘 예측불허였다. 수많은 꿈이 있었고 그 꿈을 위해 노력한다고는 했지만 어느 순간 사라졌다. 다른 이의 노력이 더 힘을 얻고 그럼 난 또 좌절해서 쪼그라들었다. 그러다가 어른이 되어 버렸다.

결혼하면 현모양처가 될 거고 아이들을 위해 좋은 엄마로서 최선을 다하고자 애쓰며 살았다. 지금 이 자리에 있는 것도 아마 신의 또 다른 계획인가 생각해 본다.

아이들이 성년이 되고 난 문득 아이들에게 이제 쓰임이 없어졌다고 생각했다. 갑작스럽게 몰려오는 우울감에 한동안 마음을 어찌할 줄 몰랐다. 그러면서 아들의 마음도 읽혀졌다. 아들도 나 자신도 삶을 다시 바라보는 시간이 시작되었다. 난 엄마의 삶이 아닌 나 자신으로서 접었던 꿈들을 하나하나 다시 꾸어보고 싶다.

나에게 해주고 싶은 말이 많다.

'지금까지 수고 했어.'

내가 했던 것들을 과소평가했는데 이제는 나만의 방식대로 나답게 잘 살고 있는 것 같다. 늘 평가 당하고 살다 보니 남의 시선에서 저평가 당했다. 그러니 그건 오판이라고 당당히 말해 주고 싶다.

'난 내 방식대로 잘하고 있었어.'
'너의 독특한 하루하루를 잘 지내 봐.'

에필로그

나를 찾아 떠나는 여행

오수영

　이번 부모 글쓰기는 벌써부터 하고 싶었던 프로그램이다. 은둔하는 친구들을 주제로 하는 모임은 많지만 부모들 이야기는 거의 없었다. 현실에서는 은둔하는 자녀도, 부모도 보이지 않기 때문이다. 그럼 부모들은 모두 이상한 사람들일까? 문제가 많은 사람들일까? 의문이 들었다.

　당사자들이 가장 힘든 건 사실이다. 하지만 부모들의 안부와 대안은 없는 게 현실이다. 자녀가 아프거나 문제가 있다고 하면 대부분 부모들은 한통속으로 묶인다. 뭔가 이상한 사고를 가졌거나 특별한 문제가 있을 거란 선입견도 있을 것이다. 하지만 다 그런 건 아니다. 부모들도 보통 사람들이고 평범한 일상을 열심히 사는 이웃이다. 자녀가 은둔한다는 사실만으로 문 밖에 갇혀 흔들리는 사람일 뿐이다.

　부모교육과 자조모임을 통해 자녀를 위한 공부를 하지만 자신을 돌아보고 한 개인의 삶을 찾을 시간은 갖기 어려웠다. 그런 부모들이 모여서 자신을 찾아 나서는 글쓰기는 의미있는 일이라 생각되었다. 잃어버린 자신을 찾아 떠나는 여행이 되길 바라며 출발하였다.

첫시간은 걱정과 설렘으로 서로 알아가는 시간을 가졌다. 내 얘기라고 썼지만 옆사람 얘기였고 누군가의 삶이었다. 나만 힘들고 나만 꿈을 버렸다고 생각했는데 다들 엄마라는 터널에 갇혀 방황하는 딸이였고 언니였고 동생이었다. 글쓰기를 하면서 낯선 자신과 마주할 기회를 가졌다. 처음에는 글로 자신을 표현하는 데 어색했지만 시간이 지나면서 점점 자신감을 갖게 되었다.

자신을 안다고 생각하지만 늘 도망을 다녔다. 내 안에 내가 많아서 혼란스럽다는 얘기를 나누며 공감할 수 있는 시간이었다. 혼자라면 못했을 글쓰기가 함께하여 완주할 수 있었던 것 같다. 글 쓰는 시간보다 읽고 들어주는 그 순간이 감동이었다. 소중한 이야기들이 자신을 더 든든하게 지켜준 것 같다. 마주치는 눈빛만으로도 이해와 공감을 나눌 수 있는 시간이었다. 지금도 함께할 수 있어 고맙고 감사하다.

각자 쓴 글을 읽으며 울고 웃었던 시간이었다. 모든 수업에 열심히 하려고 애쓰는 모습이었다. 바쁜 일이 있어 빠지는 경우엔 얼마나 안타까워했는지 모른다. 글쓰기보다 더 다급한 자녀 얘기로 수업을 시작하고 맛난 간식에 배부터 채우고 했던 날도 많았다. 수업을 진행하면서 자녀가 달라지는 모습을 보여 다 같이 기뻐하고 축하해 주기도 했다. 저녁시간이라 차가 막혀 늦어도 피곤에 지쳐도 꼭 참여하는 모습에서 밝은 미래를 볼 수 있었다.

자신이 어떤 사람인지? 자녀에게 묻고 싶은 말을 무엇인지? 좋아하는 것은 무엇인지? 어떤 것에 화가 나는지? 어떻게 살고 싶은지? 등등.

노트를 앞에 두고 질문을 받으면 모든 것이 낯설고 서툴고 어색했던 시간이다. 누구를 위해서가 아닌 오로지 엄마 자신을 위한 시간을 가져본지 오래되었다. 대부분은 자녀나 가족을 위한 것이었다.

엄마에 대해 궁금해하는 가족은 없다. 꿈이 무엇인지? 오늘 하루는 어땠는지? 친구와 만나서 무얼하는지? 좋아하는 건 뭔지조차도 묻는 사람이 없다. 그래서 엄마인 우리가 우리 스스로에게 묻고 답하고 쓰고 말하는 시간을 가지는 거다. 그렇게 나를 알아가다 보면 자녀가 왜 이렇게 힘들어하는지? 왜 자신을 가두는지? 얼마나 힘든지? 조용하게 들어줄 수 있을 거다. 가만히 곁에 있어 줄 수도 있다.

엄마 스스로를 있는 그대로 인정하고 받아들이는 시간이 필요하다. 어디에 기대거나 누구에게 나를 맡겨서 대신 해주는 게 아니라 내가 나를 찾고 사랑할 수 있는 사람이 되어야 한다. 그래야 엄마인 내가 이 상황을 잘 받아들일 수 있을 거다. 자녀가 힘들 때도 있고 잘 나갈 때도 있다. 그렇다고 엄마가 흔들릴 필요는 없다. 그러자면 힘을 키우고 중심을 잡을 수 있어야 한다. 글쓰기는 그런 힘을 기르는 작은 첫걸음이라 생각한다.

수업을 통해 뭐 대단한 변화를 꿈꾸는 것은 아니다. 작지만 나 자신의 힘을 찾고 키울 용기라도 가질 수 있다면 우리에겐 대단한 성공이다. 살다보면 어떤 어려움이 일어날 수 있고 벌어질 수 있다. 기쁘다고 펄펄 뛸 것만은 아니다. 그럴 수 있고, 그렇더라도, 그럼에도 불구하고 우리는 할 수 있다. 가족을 지킬 수 있다. 엄마라는 이름으로 말이다.

여기 함께한 엄마들은 혼자서도 멋진 분들이다. 모두 원석과도 같은 분들이라 앞으로의 변화가 기대된다. 글쓰기를 함께 한 분들을 간단히 소개한다. 항상 달달한 간식을 챙겨온 김선애님, 환한 미소와 가벼운 발걸음의 문명자님, 씩씩한 목소리로 분위기를 밝혀주는 진연희님, 살짝 수줍지만 럭셔리 웃음천사 이열이님, 항상 잘 들어주고 목소리가 예술인 유세은님, 리더십 만랩인 작은 거인의 한아름님과 함께 할 수 있어 영광이다. 함께해서 행복하다. 다음에는 더 재미난 글쓰기로 다시 만나고 싶다.

나는 은둔형외톨이 엄마입니다

2023년 09월 27일 초판 1쇄 발행

저자	한국은둔형외톨이부모협회
교정·윤문	전병수

발행인	전병수
편집·디자인	배민정
표지 디자인	은희주

발행   도서출판 수류화개
등록 제569−251002015000018호 (2015.3.4.)
주소 세종시 한누리대로 312 노블비지니스타운 704호
전화 044−905−2248
팩스 02−6280−0258
메일 waterflowerpress@naver.com
홈페이지 http://blog.naver.com/waterflowerpress

ⓒ 도서출판 수류화개, 2023

값 16,000원
ISBN 979−11−92153−16−2 (03800)